集英社オレンジ文庫

春華杏林医治伝

気鋭の乙女は史乗を刻む

小田菜摘

春華杏林医治伝

もくじ

イラスト／ペキォ

春華杏林医治伝

しゅんかきょうりんいじでん

気鋭の乙女は史乗を刻む

第一章

莉国の帝都『景京』は、朝から大変な賑わいだった。

雑貨店、飲食店等々もともと多くの店が並ぶ大通りに、この期間はさらにぶつかりあうように屋台が軒を連ねる。肩が触れるほどの人混みの中。芝居や手品、舞踊などを見せる演芸小屋の客寄せの声があちらこちらから飛び交い、広場では軽快な音楽と高らかな銅鑼にあわせて繰り広げられる曲芸に人々が目を輝かせている。

春分。長い冬が終わり草木や花々がいっせいに芽吹き、雲間から漏れる日差しや頬を撫でる風にも温かさを感じるようになるこの季節。国全体にわたって春祭りが催されるのは、現王朝のみならず、もはや民族的な伝統である。

そんな喧噪の中、向春霞は自分が昼食を買う店を吟味していた。

賑やかな祭りの中を、十六歳の若い娘が一人で歩いている。それだけでもけっこう奇異だが、春霞の服装も祭りに着るものとは思えぬ地味なものだった。

祭りといえば若い娘にとって、晴れ着を誂える口実の日でもある。だというのに春霞がすらりとした肢体にまとう臙脂の襖と青灰色の裙には小さな刺繍ひとつ見当たらない。驚くほど豊かで艶のある黒髪も、その歳の娘なら歩揺が垂れる簪か鮮やかな輝石を埋めこんだ櫛などを使って飾り立てるものであろうが、彼女が髪に挿しているものは先に小さな細工がついただけの質素な簪ひとつのみである。

「う〜ん、どこにしようかな」

同じような店ばかりだから味も似たり寄ったりだろうが、だからこそかえって悩んでしまう。通りを行きつ戻りつしながらしばらく悩んだあげく、結局ちょうど客が途絶えたからというだけの理由である屋台を選んだ。

「豚肉と韮の包子をひとつずつください」

「あいよ、まいどあり」

でっぷりと肥えた小母さんが、男性のように威勢のよい声をあげる。

買い求めた熱々の包子を手提げ籠に入れ、春霞は広場にむかって歩きはじめた。通りは人混みで歩きながら食べられるような状況ではないので、広場に行けば座る場所もあるかと考えたのだ。

「いい天気」

春独特の霞がかかったような青空を見上げ、春霞は独りごちる。日陰はまだ肌寒いが、日差しの下にいればぽかぽかと暖かい。

しかしあらゆる生命が萌(も)えいずるこの季節は、実は体調を崩しやすい。冬の間に身体(からだ)にためこんでいた悪いものが、少しずつ出てくるからだ。発陳(はっちん)と呼ばれるこの現象が順風に行われれば問題ないが、うまくできないと熱がこもって体調不良を引き起こしかねないのだ。

「春の陽気に応じて身体の陽気を発散できないと、結果として熱がこもり、発熱して温(おん)病(びょう)となる」

己に言い聞かせるように、春霞は教科書の内容を諳(そら)んじる。

「熱を発散するために補(おぎな)うべきは肝(かん)であり……」

特に難しいものではなく基本中の基本の内容だが、それが自分の頭の中にきちんと記憶されているかを口頭で確認するのが春霞の習慣だった。

学生のうちに基礎はしっかり叩きこんでおくべし。そうしないと医師となってから学ぶ内容が理解できない。同じ種を蒔(ま)いても、痩(や)せた土壌(どじょう)と耕した土壌では作物の実りは全くちがう。

女子太(たい)医学校の入学式で、校長の范珠里(はんしゅり)が述べた言葉を春霞は忘れていない。だからこうしてことあるごとに学んだことを暗唱しているのだが、傍目(はため)には不気味以外の何物でもない。不幸中の幸いだったのは、本日にかぎり祭りに夢中の人達が、ぶつぶつ一人でつぶやきながら歩いている地味な格好をした娘など気にかけなかったという点だろうか。

数カ月前、春霞は女子のための唯一の太学校（官立学校）である女子太医学校を卒業して晴れて医官となった。史上最年少の十二歳での入学を果たした少女は、四年の在校期間を終え順調に最年少の医官となり、現在は女子医官局に所属して先輩医官の指導のもと臨床に当たっている。本日も遊びに来たわけではなく、祭りの影響で寮の賄いが休みとなったため食事を買いに出てきたのである。ちなみにこの期間の医官局は当番制で、基本は閉局となっている。

ぶらぶらと歩いていた春霞は、楽しげな声をあげながら流れゆく群衆の中にふと見知ったような人影を見つけた。

その瞬間、恐怖に心臓が締めつけられた。

急いで後ずさろうとしたが、すぐにそれが見まちがいで、まったく知らない相手であることに気づいた。

「なんだ……」

ほっと一息をつくも、胸が痛いほどの動悸はまだ治まらない。

すーはーと何度か深呼吸を繰り返すことで、ようやく心が鎮まってきた。

気を取り直して通りを進むと、ほどなくして右手に広場が見えてきた。中央より少し奥に簡易な舞台が設置され、安っぽいが人目を惹く派手な衣装や装置を使った大衆演劇が面白おかしく催されている最中だった。滑稽な仮面をつけた役者達が、模造の刀を振り回しながら巨大な板に描いた城の前を走り回っている。

それらの騒ぎを横目で眺めつつ、春霞は腰を下ろせそうな場所を探した。舞台が見えない場所なら人気（ひとけ）もないだろう。はたして推測は当たった。舞台の斜め後方に位置する場所に、誰も座っていない石作りの長椅子（ながいす）を見つけた。

石作りの椅子はひんやりとしていたが、我慢して座っているうちに温かくなってくる。春霞は手にしていた籠から、先ほど買った包子と持参してきた水筒と茶杯を取り出す。冷めないように幾重にも布で巻いたそれには、寮で淹（い）れてきたお茶が入っている。火傷（やけど）しそうに熱いものを準備してきたから、茶杯にそそぐとちょうどよい飲み頃になっていた。

茶を一口すすってから包子にかぶりつくと、じゅわっと肉汁が口の中に広がる。具だくさんで塩加減もちょうど良い。安いものだったが当たりの出店だったようだ。

二つの包子を食べ終えると、お腹も気持ちもひと心地ついた。

春霞は椅子に座ったまま、遠巻きに舞台前に集（つど）う人々を眺めていた。

親子連れ。友人同士。はたまた恋人達か、みな楽しげだ。庶民（しょみん）が快活なのは、世が安全で経済が回っている証拠である。

「平和だな〜」

のんびりとつぶやいたときだった。

鼓膜（こまく）が破れるかと思うような、凄（すさ）まじい物音があたりに響き渡った。地響きさえ感じるような衝撃に地震かと身を竦めたが、人々の悲鳴にそれが斜め前の舞台から起きたことに気づく。

「な、なに？」

立ち上がり、急いで舞台の前に回る。そこで彼女が目にしたものは、無残に崩れ落ちた舞台だった。

もうもうと砂埃が立ち込める中、血の臭いの混じった空気が流れてくる。床が抜けて、舞台上の人間ごと落ちたようだ。高さはさほどではないが、役者の身体を大道具や装置が直撃した危険性がある。

「た、大変……」

春霞が声を震わせたときだ。

「急げ、中に落ちた人間を助け出せ！」

凛とした男性の声が、すぐ近くで聞こえた。

目をむけると、少し先で藍色の筒袖を着た青年が大きな声で指示を出している。彼の周りにいた複数の男性が即座に反応して動きはじめる。どうやらこの青年の部下のようだ。

舞台か劇団の責任者かと思ったが、それにしては若すぎるようにも思う。二十歳を少し越したぐらいか。涼しげな顔立ちだが、堅実な装束は舞台関係者という印象ではない。

「この場にいる男は、全員で端から瓦礫をとり払え！」

青年の一言に、周囲でおびえていただけの観客達がいっせいに動きはじめた。助けるつもりがあってもなにをどうしたら良いのか分からずにいる大衆にとって、このような指示は非常に助かるものだ。それを理解しているのか、青年は自身は救出作業に参加せず、全体が見渡せるいまの場所で危険がないように作業を監視している。

（この人、冷静だ）

春霞は感心しながら、少し離れたまま青年の挙動と横顔を観察した。

すらりと背が高く、長い手足は剣のように歪みなく伸びている。衣装は簡素だが、光沢や滑らかさから生地の上質さが素人目にも見て取れる。身分が高い人間か、あるいは高い地位にあって、人を指示することに慣れている人間なのだろう。

元々簡易だった舞台の瓦礫は瞬く間に取りはらわれ、下敷きになっていた役者達のうち四人は自力で脱出してきたが、あとの三人は周りの人間に担がれて救出された。

「これで全員です！」

どうやら舞台の責任者らしい、派手な衣装を身につけた男性が言った。

怪我人達は揃って舞台の残骸の前で横たえられた。春霞はほとんど条件反射のように彼等の傍に駆けつけた。

救助された三人はけっこうな重傷だった。うち二人は、それぞれ一側の下腿部と大腿部が腫れ上がって苦悶の声をあげている。もう一人座りこんでいたのは女役者で、左の前腕部に折れた木片のようなものが刺さっている。苦しげな顔をしているが、他の二人のように動けないわけではないので、まだ反応に余裕がある。しかし腕に突き刺さった木片を、自分でも信じられないような顔で見つめている。

春霞は三人の状態を観察しながら、瞬時に考えを巡らせる。

（誰？　いま一番危険な人は）

目を光らせた瞬間、彼等の傍に駆け寄ったあの青年が声を張り上げた。

「誰か、医者を――」

「だめ、抜かないで！」

青年が言い終わらないうちに、春霞は叫んだ。しかしときすでに遅く、女役者は果敢にも自分の腕に刺さった木片を引き抜いたのだ。

鋭利な刃物やするりとした棒でもないのに、なぜそんな簡単に抜けたのかは分からない。あるいは見た目ほどに深く刺さっていなかったのかもしれない。しかしその結果として、彼女の腕からぴゅっと噴き出すように鮮血がほとばしった。

人々の悲鳴があがる中、春霞は飛び出した。

「布を、ありったけの布を持ってきて！　それと添え木になる棒を！」

叫ぶなり春霞は、女役者の横に回り左腕をつかむ。滝のようではないが、弱めの噴水程度には鮮血がほとばしっている。

突き刺さった木片が大きな血管を傷つけ、だが不幸中の幸いでそれが栓のような形になっていたにちがいない。それをいま引っこ抜いたことで出血がはじまってしまったのだ。他の二人も重傷だが、彼女のほうこそ処置を誤れば生命にかかわる。

「横になって！」

とつぜん起きた出血に呆然とする女役者を、春霞は怒鳴りつけた。女役者はほとんど条件反射のように横たわった。春霞は彼女の腕をつかみ心臓より高い位置に持ち上げたまま、血が噴きつづける傷口に目をむける。

（創部の圧迫だけじゃだめだわ）

勢いのない出血や、暗赤色の出血はそれほど大事に至ることは少ない。しかしこの出血はそうではない。春霞は手提げ籠を台のようにしていまだ出血がつづく女役者の腕をのせ、そのまま二の腕のほうを探りはじめた。ある一点を押さえつけると、前腕部からどくどくと流れていた出血がはたして弱まっていった。

（よし、ここだ）

確信を得て、同じ箇所の圧迫をつづける。圧迫による止血は、しばらく押さえつづけなければ意味がない。血液は心臓を拠点として流れるから、血管を出血部より体幹に近い部分で押さえれば血流が弱まり出血も収まる。血管の箇所は触診で探るものだが、拍動が弱くなっているので当てにならない。わずかな脈と解剖学の知識と、以前に参加した腑分けの記憶に頼って血管の場所を探り当てたのだ。

（お願い止まって……）

祈るような思いで圧迫をつづけていると、劇団員と思しき派手な服を着た男性が籠を差し出す。

「布と、棒ですけど」

「ありがとう。ちょっと代わりにここを押さえていてください」

「え⁉」

緊迫する役目を押しつけられたからか、男性は臆したような表情になる。春霞は心配ないというように首を横に振った。

「五百数えるまで押さえているだけでいいです。他になにもする必要はありません」

「私がしよう」

歩み寄ってきたのは、あの筒袖の青年だった。

青年の瞳に宿る冷静な光に、春霞はただちにうなずいた。緊迫した現場で、この人は頼りになる人だと確信した。そして自分が圧迫している部分の少し上を青年に押さえさせてから、自らは慎重に手を離した。圧迫がずれて出血が再開していないことを確認したうえで、春霞は青年の目を見て告げる。

「お願いします」

「なにか他に手伝うことはないか？　そこにいる者達は私の従者だ。好きに使ってくれ」

片膝をついて圧迫をつづけたまま、青年は自分の周りを囲む男性達を視線で指し示した。

春霞も同じように目配せで返してから立ち上がった。

「こちらで、手伝ってください」

そう言って春霞は、怪我をした二人の男性のほうにむきなおる。

大腿部を骨折した模様の男性は、腫れ上がってはいるが脚はまっすぐしているので、添え木と布を使って固定する。問題はもう一人だ。下腿部が妙な方向に曲がっている。このまま放置しては痛みが治まらないし、なにより脚が曲がったまま治癒してしまう。

春霞は従者二人に、怪我人の両足の太腿をそれぞれで押さえるように小声で言った。本人に聞こえるようにそんなことを言っては、おびえて身構えてしまうかもしれなかった。一瞬で済ませなければ、患者の苦痛を強くしてしまう。

春霞は怪我人の足先にしゃがみこみ、腕を伸ばして膝のあたりを押さえつけた。身体に触られるだけで怪我人は悲鳴をあげた。かまわず従者二人が脚を押さえつけると、怪我人に対して足元から諭すように語りかける。

「いまから脚を整復します。大丈夫です、一瞬で済みますから、できるだけ力を抜いて」

少し落ちつきを取り戻した怪我人が、疑わしげな眼差しをむける。力が抜けたと思ったその瞬間、春霞は折れ曲がった下腿を思いっきり引っ張った。

断末魔のような悲鳴があがったが、従者二人に太腿を押さえつけさせていたのでそれ以上脚が動くことはなかった。まっすぐに戻った脚に添え木を当て、布で巻いて固定する。

（これでよし。あとは……）

額ににじんだ汗を手の甲でぬぐい、春霞は止血をさせていた女役者のもとに駆け寄った。あの青年が、手を当てたまま緊張した眼差しを春霞にむけている。

時間的にはもう十分のはずだ。自らに言い聞かせ、春霞は青年に告げる。

「一度、手を離してみてください」

当事者である女性は不安げな表情を浮かべはしたが、青年は春霞の指示に従いそろそろと手を離した。はたして穿孔部からの出血は起こらなかった。

「よかった」

春霞と青年は、同時に安堵の言葉を吐いた。当人である女役者は事態がいまひとつ理解できていないのか、きょとんとしたままである。

春霞は念のために女役者の腕を布で圧迫し、不安げに経緯を見守っていた劇団長を名乗った男に言った。

「できるだけ振動を与えないようにして、この人達を運んでください」

「担架を持ってこい！」

そう言ったのは、劇団長ではなく青年だった。

ほどなくして担架が用意され、彼の従者や劇団員達によって怪我人は運ばれていった。旅芸人の一座であれば寝床は馬車か幌屋になるだろう。あまり良い環境ではないが、これ以上のことは春霞にはできない。

心のどこかに消化不良な思いが残る。

自分がやるべきことはやった。次第に遠ざかる怪我人達を見送りながら、春霞は気持ちに折りあいをつけようとしていた。

そのとき頭上から、ため息交じりの声が聞こえた。

「よかった……」

反射的に顔をあげると、いつのまに来ていたのかあの青年が間近に立っていた。

品のある青年だった。優雅とか繊細という類の上品さではないが、声や表情に陰のない素直でまっすぐな気性と育ちの良さがにじみでている。

そこまで観察してから、春霞は急いで視線をそらす。

家族以外の異性を眺めるなど、いわゆる『婦道』に嵌めるのならはしたないことだ。もとより世間ではまだ恥とされる女子太医学校に入学した段階で、そんな価値観にとらわれるつもりはなかったが、単純に気恥ずかしい。

「そなた、見事な働きぶりだったな」

青年の実に朗らかな声に、春霞はそらしていた視線をもとに戻す。

黒瞳の勝る青年の目には、明確な称賛が湛えられていた。自分の部下に対するような物言いだったが、威圧的ではなく大らかな印象を受ける。

「いえ。とうぜんのことです」

「しかし戦場での軍医でも、あそこまで冷静に立ち回れないときはあるぞ。いや、たいしたものだ。そなたいったい何者だ？」

「医官です。つい最近学校を卒業したばかりですが」

「女子医官なのか？　ずいぶん若く見えるが……」

青年は素直に驚いたようだ。それは言葉通り春霞の若さに対するもののようで、少なくとも彼の声音から軽蔑は感じられなかった。

婦人は結婚して家庭を守るべきという考えが主流の世で、家庭外に仕事を持つ女医に対して侮蔑の眼差しをむける者は少なくない。それはもちろん男だけではなく女にも大勢いる。現に春霞も女子太医学校への入学が決まったときは、異母兄と嫂の二人から『家の恥』と罵倒されて出てきた。

もっともそれ以前から、個人的な事情で結婚という婦人の常道を諦めなければならなかった春霞は、彼等から女として存在意義を否定する言われ方をされつづけていた。兄夫婦の存在は春霞の心に深い傷を残しており、先ほどのように似た人を見かけただけで心が竦みあがってしまうほどだった。

だからこの青年の口から繰り出される称賛の言葉が、素直に受け止められなかった。そのうえ元々若い男性に慣れていないから、いっそう落ちつかなくなる。しまいにはどう言ってこの場を立ち去ろうかと考えていると、とつぜん青年が声を大きくした。

「おい、その手はどうしたんだ？」

「え？」

春霞は、青年の視線が自分の左手首にむけられていることに気がついた。袖口からのぞく赤く染まった皮膚に、鼓動がどくんと音をたてる。心なしか青年の顔が青ざめているように見えた。

春霞はとっさに左手を背に回し、青年の視界から隠す。

「ち、血がついただけです。私が怪我をしたわけではありません」

「なんだ、そうか」

青年は安心した顔をするが、春霞の胸はざわついたままだった。

あの青ざめた顔が目に焼きついて離れない。嫌な思いをする前に帰ろう――これまでの経験から、春霞は立ち去るための言葉を切り出そうとした。

しかしその直前に、別の人間から声をかけられた。

「ご主人様。こちらの布ですけど……」

振り返って見ると、そこには血まみれの布が大量に入った籠を抱えた従者が立っていた。

先ほど治療に使ったものだろう。女役者もそうだが、軽傷の役者の中にも出血を伴って いた者はいた。血による汚濁など春霞には見慣れたものだが、あまり気持ちのよいものではない。

そのとき、肩の後ろでどーんと物が落ちたような音がした。またなにか起きたのかとむき直ると、青年が地面に伏せるようにして倒れていた。

「え?」

目をぱちくりさせる春霞の前で、従者が悲鳴をあげる。

「わ〜、ご主人様!」

「馬鹿、お前。ご主人様にそんなものを見せる奴がいるか!」

「また、やっちゃったよ!」

「おい、気つけの酒を持ってこい!」

なにか良からぬ発作で倒れたのかと思ったが、それにしては従者達の反応が慣れている。ということはたびたびあることで、さほど深刻な事態ではないのか? 複数の従者が走り回るようすを、春霞はわけが分からないまま呆然と眺めていた。

それからほどなくして、青年は目を覚ました。

心配になって立ち去れずにいた春霞だが、彼が気を失っていたのはせいぜい百数える程度の時間だった。手をついて身体を起こすと、青年は地面に座りこんだ。そうして頭痛を堪えるように額を押さえつけている。

「大丈夫ですか？」

自身もしゃがみこんで春霞が尋ねると、青年はひどく気恥ずかしげにうなずいた。しかしそれ以上なにも言う気配がないので、どうしようかとは迷ったが念のために確認してみることにした。

「なにか悪い病気でもお持ちですか？」

「いや……」

青年は首を横に振った。そしてためらうように間を置いたのち、観念したように答えた。

「……その、血を見るのが駄目なんだ」

色々と突っこみどころが多すぎる答えに、春霞はわが耳を疑った。

先ほどまでけっこうな修羅場で凄惨な光景もちらちらあったが、すごく冷静に対処していたではないか。そのうえ女役者の止血だって、同僚の舞台関係者でさえ敬遠する中を率先して引き受けてくれたのに。

（その人が血を見るのがダメって、なにそれ？）

ひょっとして、だからこそ止血に熱心だったのか？　普通に考えて人命尊重に決まっているのに、そんな埒(らち)もないことを一瞬とはいえ考えてしまった。

「緊迫した現場とかでの、気が張っているときはなんとかなるんだ。その反動なのか、緊張が取れるとすぐに気が遠くなってしまう。そなたの腕の血も危なかったが、袖口からのぞいただけだったのでなんとか耐えられた」

先ほどの青ざめたようすを思いだし、そういうことだったのかと春霞は納得した。

（まあ、血痕じゃないけどね……）

しかしそんなことを敢(あ)えて言って空気を悪くする必要はない。初対面の人間だし、今日を最後に会うこともない相手なのだから。

冷えた頭で、春霞は上辺だけの言葉を取りつくろう。

「そうですか。ですがそのような方はあんがい多いので、どうぞお気になさらず。特に男の方のほうが血に弱い印象がありますね」

「だからそなたの冷静さに感心したのだ。熟練の軍医でもなかなかあそこまで機敏にふるまえないぞ」

いや、いや。世の軍医がその程度の胆力(たんりょく)だったら、戦場は一大事ではないか。

現実的なことを言えば、莉国ではここ十数年、内外ともに平和な時代がつづいており戦(いくさ)は起きていない。とうぜん戦場も存在していなかった。

「そんなこともないと思いますが……」

「謙遜するな。そなたが男なら、三顧の礼をつくしてでもわが臣下に迎えたいほどだ」

　へりくだる春霞に、青年は上機嫌で大袈裟な称賛を繰り返す。正直に言えばさっさと帰りたかったのだが、なかなか会話の終わりが見えてこない。

（どうしようかな。早く終わってくれないかな……）

　相手から善意と尊敬を感じるだけに、むげにすることもできない。

　しかも青年は、やにわに表情をあらためた。

「そなたは怖くないのか？」

「え？」

　なんのことだか分からず、春霞は首を傾げつつ青年を見上げた。

　なんだろう。また話が長くなるのだろうか？　内心で臆したが、それよりも青年の表情があまりにも真剣なので緊張してしまう。

「血はもちろんだが、ああいう凄惨な現場が怖くないのか？」

「むしろ、どうして怖いなどと思うのですか？」

　逆に問い返してきた春霞に、青年は目を円くする。

　かまわず春霞は、ここぞとばかりに力説する。

「血も骨も、肉も怖くないです。だってそれが本来の人間の姿ですから。だいたい一皮剝けば、人間なんてみな同じじゃないですか。ですから私、血や骨のほうがかえって美しいぐらいに思っています」

極端な結論の胸を張っての宣言に、青年はおろか周りにいた従者達も呆気にとられた顔をする。

（好機！）

先ほどからずっとつづいていた青年の喋りがようやく途切れた。

この機会を逃してはならぬ。春霞はその場で、身体を折るように一礼した。

「では、私は急ぎますのでこれで」

「あ、おい………」

青年がなにか言いかけたのを無視して、春霞はその場を駆け出していった。

医官局は国家の医薬の行政を司る官署である。侍医でもある太医長を長官として、太学出身の選りすぐりの優秀な医師達が医官として業務に当たっている。

女子医官局は、文字通りその女性版だった。

太医長は女子太医学校の校長でもある范珠里である。

十八年前。町医者の娘だった珠里は、不調に苦しむ皇太后を快癒に導いた。

当時皇太后が〝既婚女性が夫以外の男性にその身を触れさせてはならない〟という婦道

を貫きつづけたため、男性医師の診察を受けることができなかったからだ。その功績として珠里はこの国初の女性医官となり、皇帝の支援のもと念願の女子太医学校を十二年前に開校した。

　太医学校を卒業した生徒は、晴れて医師の免許が与えられ医官局所属となる。男子学生の場合、卒業後医官局に所属せずに家業の医院を継ぐ者もいるが、女子学生は最低でも三年は医官局に勤めなくてはならなかった。男子とちがい女子には、医師として研鑽を積める場所が他にないからである。そのため官公庁街である内城に設えられた女子医官局には、学生と医官が住む官舎が設置されていた。学生の間は三人一部屋で、医官になると二人部屋に格上げされる。

　春霞が部屋に戻ったとき、相部屋の栄夙姫は帰ってきていなかった。

「やっぱ、まだ帰っていないのか」

　多分そうだろうと思いはしたが、広場での騒動を聞いてもらおうと張りきっていたので気抜けした。十歳年上の夙姫は同級生の中でも最年長で、そのせいなのか最年少の春霞と逆に気があったのだ。

　春霞は籠を卓上に置き、ふと袖口に目をむけた。埃まみれになった襖は臙脂なので目立たなかったが血痕が濃いシミになっていた。これは自分でするよりきちんと洗濯に出したほうがいいだろう。今日は休みだが、出入りの洗濯女が明日来るはずだ。

「最初に袖をまくっておけばよかったのに……」

自嘲的に漏らすと、春霞は左の袖をたくしあげた。

ほっそりした腕には左手首から肩にかけて、柘榴が砕けたような赤痣が広がっていた。生まれつきのもので、痛くも痒くもない。広がる気配もない。もちろん人にうつるようなものでもない。

にもかかわらず、春霞はこの痣のために家族から疎まれつづけてきたのだ。

もちろん両親は可愛がってくれた。彼等は娘の痣を嘆きはしたが、だからこそ不憫であるといっそういたわった。

春霞の父親は、景京に次ぐ第二都市呉に長官として赴任した経歴もある高官だった。

莉国の官僚は基本的に試験によって採用が決まる。最高位の官僚は大夫と呼ばれ、よほどの秀才でなければ合格はできない。次点の位を進夫と呼び、春霞の父はこの地位にあった。とはいっても春霞は父が五十過ぎてからの子供だったので、物心ついた頃にはすでに官職を退いていたのだが。

隠居後の暇つぶしだったのか、父は女子には不要とされる学問を春霞に教え、呑み込みのよい娘に舌を巻きつつ「男だったら」とよく零していた。確かにもし男子であれば、春霞は父がなりえなかった大夫にさえもなれたかもしれなかった。

やがて家長である父が亡くなり、妾の子であった異母兄が家を継いだ頃から春霞の立場は怪しくなってきた。本来であれば後妻とはいえ正妻の娘である春霞に婿を取って家を継がせることが筋だが、生まれ持った痣のために両親は娘の結婚を端から諦めている節があった。

この国の子供であればたいていは知っている昔話に、醜い痣を持つがゆえに嫁ぐことができなかった娘が、やがて鬼女となり近隣の子供達を食い殺すようになったというものがある。鬼女は最終的に道士に討たれ、めでたしめでたしで終わる。

ようするに大きな痣などによって醜いとされてしまった女は結婚はできないのが普通で、それゆえに婦道に添えないことは世間で罪悪だと認識されているのだ。

二年後に母が亡くなると、異母兄はあからさまに春霞を疎んじるようになった。そのふるまいは次第にひどくなってゆき、女として生まれながら結婚を諦めざるをえなかった春霞を、嫂とともに生きる価値のない存在のようにまで罵るようになった。

だから春霞は女子太医学校を目指したのだ。このまま家で精神的な虐待を受けつづけることは耐え難かった。

春霞は迷いをはらうように頭をひとつ振った。

行李から新しい襖を出して着替えると、気持ちを浮上させようと目をつむる。

医師になることを目指して家を飛び出した日から、自らに言い聞かせつづけている言葉。

強くなれ。冷静になれ。

心に忍び寄りかけていた卑屈な感情が、潮が引くように取りはらわれる。

閉ざしていた瞼をゆっくりと持ち上げると、視界とともに現実が戻ってくる。

「よし、書庫に行こう」

力強く春霞は言う。気分が滅入りそうなときは、なにかに没頭するにかぎる。しかもそれが医師として自分を確実に向上させてくれる作業なのだから、やり甲斐もあるというものだ。

春霞は部屋を出て、回廊を進んだ。

女子医官局に設置されている書庫は、医官と太医学生の双方が利用できる施設である。重い鉄の扉を開いて中に入ると、室内には誰もいなかった。普段は誰かしらが調べ物をしているが、祭りの只中である今日はみな外出している。若い娘も多いので、祭りに出かけているのだろう。

女子医官も学生も、長期の休みを利用して実家に帰る者は残念ながら少ない。

彼女達は多かれ少なかれ家族との間に軋轢を抱えている。

父に従い、夫に仕え、子を産み家に尽くすことが婦人の生き方の常道とされる世で、外に職を持とうとしているのだから、家族の猛反対を受けて出てきた者がほとんどなのだ。そうでなければ天涯孤独か、夫に先立たれたか離縁されたかである。ちなみに同じ部屋の栄凤姫は離縁したと言っていたが、その理由は訊いていない。

だからこそ春霞は、この場が好きだった。

訳ありの半生と医学の知識を持つ同胞達は、誰一人春霞の痣を気にしていない。家族でさえ嫌悪したこの痣を、それこそ黒子ぐらいの感覚で受け止めてくれているのが分かるから、ここでは普通に袖まくりもできる。

だから春霞は、自分は強くなったのだと思ってしまっていた。

しかしそうではなかった。今日人前で袖をまくれなかったことで、乗り越えられていない自分の弱さを突きつけられた。

悔し紛れに春霞は、座右の銘ともいうべき言葉をつぶやく。

「人間なんて、一皮剝けば皆同じじゃない」

それを実感させてくれたのは、腑分けの実習だった。学生のほとんどが敬遠し、嘔吐する者も出た中、たった一人目を輝かせていた春霞は、訳あり揃いの女子学生の中でも随一の変人認定をされてしまったものだった。

春霞は目的の書物を探すため、本棚の間を歩いた。

調べたいことは、今日の処置の再確認だ。確かに事なきは得たが、もっと良い方法はなかったのか？　あるいは自分が想定した血管の位置は正しかったのか？　それらを早いうちに確認して自分の知識にしなくてはと思った。

外科の棚の前で目的の書籍を引き出し、閲覧用の机で広げる。ちなみに外科学の主たる対象疾患(しっかん)は骨折、腫物(しゅもつ)、創傷(そうしょう)である。

解剖学(かいぼうがく)の本には、処刑された遺体を腑分けして事細かく描いた図が掲載されている。そこで自分が先ほど圧迫止血をした血管はどれだったのかを再確認する。

「うん、ここだった」

ご満悦(まんえつ)といった表情で、春霞は何度もうなずく。精緻(せいち)といえば聞こえはいいが、着色まで細やかにされた解剖図は、けして見て気持ちのよいものではない。そんな物に目を輝かせて見入るのだから、曲者(くせもの)揃いの女子医官の中でも変わり種扱いされるのも道理である。

勢いのまま本をめくり、人体の骨格を描いた紙面にたどりつく。今日処置した骨折は脚だったから構造は比較的単純だった。だから添え木を当てる形が取れた。しかし足と手は小さな骨の結合体だ。ここを骨折したらどのように固定をしたらよいのだろう?

「精が出るわね」

背後から聞こえた声に振り返ると、そこには紫の官服を着た女性が立っていた。中背(ちゅうぜい)だが華奢(きゃしゃ)なその女性の顔を認識するなり、春霞はしゃんと背中を伸ばした。

「太医長!?」

人一人分の距離を取って立っていたのは、女子医官局長官の范珠里だ。

医官の官服は男女とも同じ規約で、位によって下から赤、緑、紫となっている。紫を着ることができる上級職・大士(だいし)は人数が限られている。そのうえ女子医官は珠里をのぞけば誕生から八年しか経っていないので、紫の官服を着ることができる人物は珠里だけだった。

男性医官であれば、赤の服の少士（しょうし）にとって太医長は雲の上の存在である。太医長も少士のような下級士官など顔も知らないだろう。しかし女性医官は圧倒的に数が少ないので、そのあたりの垣根が若干（じゃっかん）低くなっている。

とはいえ師が立っているのに自分一人座っているわけにはいかず、春霞は急いで立ち上がった。珠里は机に広げた教書を、身を屈めるようにしてのぞきこんだ。

「外科に興味があるの？　女子にしては珍しいわね」

「あ、実は今日……」

春霞は広場での出来事を説明しはじめた。対して珠里はひとつひとつの対応に相槌（あいづち）を打ちながら聞いていた。そして春霞がすべてを語り終えると、穏やかな笑みを湛（たた）えて言った。

「それで最適だったと思うわ。特に骨折の患者にとらわれず、出血の危険を察したのは立派だったわね」

尊敬する師の称賛に、春霞は喜びに昂揚（こうよう）する。

「ありがとうございます。これも先生の日頃のご指導のおかげです」

「外科を学びたいのなら、将来は戈（か）大士のところに行ってみる？」

思いがけない提案に素直に驚く。

実はこの国の医学は長らく内科が中心となっていた。危険性が高いことも理由だろうが外科学はある時代からずっと停滞しており、近年では外科といえば鍼治療を指すようなありさまだった。

それでも外科の必要性はみな認識しており、男子医官の間で外科を発展させようという動きは起きてきている。戈唱堂大士は、その中心にいる外科学の第一人者たる男性医官である。医師としての技量に加え、皇帝の姉である長公主を妻としていることでも有名だった。

本来であれば医官は、たとえ大士であっても公主を妻にできるような身分ではない。しかし戈大士の人品を認めた皇太后が二人の結婚を強く支持したため、長公主・笙莉香の降嫁が認められたのだった。

その第一人者から指導を受けられるというのだから、想像しただけで震えがきそうだ。

「か、戈大士のところでですか⁉」

あんのじょう、声が裏返った。珠里は苦笑を浮かべつつ言った。

「将来の話よ。少なくとも三年はここで臨床を学びなさい。でないと戈大士も迷惑だわ」

「もちろんです！」

いまだ興奮が冷めやらない春霞に、一拍おいてから珠里は言う。

「それで、祭りからはもう戻ってきたの？」

とつぜん変わった話題にとっさに対応できず、春霞は目を瞬かせる。

じっとこちらを見つめる珠里の目は、人より円い上に黒瞳が勝っている。それは三十代半ばの彼女を年齢より幼く見せていたが、そこに宿る光は実年齢以上に老成している。きっと彼女のあらゆるものに対する深い造詣と経験がそうさせるのだろうと春霞は思った。

「当番以外の娘は、みんな出かけているわよ。誘われたのでしょう？　それとも誰か苦手な娘でもいるの？」

「ち、ちがいます。同級生達とは仲良くしています」

言いにくいことを実にずばずばと口にするものだと半ば感心しつつ、春霞は珠里の疑念を否定した。一番親しんでいる夙姫はもちろん、多少の好き嫌いはあっても医官の友人達とは概ね仲良くできている。

「ただ、今日のことをすぐに調べたくて……」

語尾を濁しつつ、春霞は答えをごまかした。

嘘だった。結果的に書庫に調べものに来ているが、あくまでも結果論だ。そもそも街に出たのは祭りに参加するためではない。

太医学校に入学以降、春霞は一度も祭りには参加していない。あのように街中から人が集まる場所に出向いては、万が一でも家族と顔をあわせる危険性があるからだ。長年の付き合いの同級生達も、ある程度の事情を汲んで敢えて誘ってこなかった。

歯切れ悪い物言いの春霞に、珠里は一瞥をくれる。童顔の彼女の老成した瞳に、すべてを見抜かれているような気がして春霞は思わず目を伏せた。

「じゃあ、いま一人なのね」

「ええ。今日は夜までみな戻ってこないと思います」

夜になると街には灯籠が灯され、遅い時間まで騒ぎがつづく。きっと同級生達も遅くまで楽しんでくることだろう。今日の夕飯は、帰り際に買ってきたお菜と饅頭を一人でかじることになりそうだ。

「それなら一緒にいらっしゃい」

思いがけない珠里の言葉に、春霞は目を瞬かせる。

「え？」

「宮城で小宴があるのよ。あなた、どうせ夕飯がないでしょう」

春霞は素直に耳を疑った。文脈はあっている。しかしその内容はにわかに信じられるようなものではなかった。

「き、宮城？」

「陛下が気の置けない臣下を集められてお過ごしになる、内輪の宴よ。かしこまることはないわ」

かしこまるわ！　危うく抗議の声を張り上げかけたが、長官相手にそれはない。

「せ、せっかくのお言葉ですが、そんな華やかな場所での作法も存じ上げませんし、着てゆく服もありませんから」

「衣装は官服でいいわ。むしろそのほうが良いかな。変に派手な格好をして行くと、女官から目をつけられるだけだから」

やけに実感のこもった物言いに、春霞は反論も忘れて納得してしまう。

おもに宮殿奥の宮城で働く女官は、女性官吏という点では女子医官と同じ立場だ。働く環境がまったくちがえばおたがいに目にも触れないだろうが、女子医官は後宮に住む妃嬪や宮女の健康管理のため宮城にも出入りしている。

似て非なる立場の相手が目に付けば、細かいことがいちいち気に障る。女子太医長として珠里は皇太后の侍医を務めているので、そのあたりの空気を肌で感じるのだろう。

だからこそ、春霞とて同じことだった。そんな気遣う場所で豪華な食事をふるまわれても食べた気などするはずがない。冷めた饅頭を一人で食べたほうがずっとましだ。

「で、でも作法が……」

「内輪の小宴だと言ったでしょう。普段通りにふるまってくれればいいわ。見たところ、あなたは一定の作法は身についているようだし。どんな家で育ったのかしら？」

さらりと問われた言葉に、春霞はぎくりとして身を硬くする。

確かに代々官僚を輩出した名家であることはまちがいなかった。だが春霞にとって、あの家は牢獄でしかなかった。口に出すことはおろか、一瞬でも脳裏をよぎるとそれだけで鼓動が速まってしまう。

　春霞は胸の前で指をぎゅっと握り、感情の波を鎮めようとする。

「たいしたことはありません。普通の家ですよ」

　辛うじて作り出した笑顔は、多少なりとも引きつっていたのだと思う。だが春霞にはそれが精いっぱいだった。

　はたして珠里は意味深な眼差しをむけ「そう」とだけ言って、微笑みかけた。春霞はほっとして、これで逃げおおせたと早合点してしまったのだが——。

「じゃあ、着替えていらっしゃい。一刻後に馬車を正門前につけるから」

　春霞は目をぱちくりさせる。そうだ。結局断っていなかった。

「あ、あの……」

　しどろもどろで春霞は、なにか断りの言葉を言おうとした。

　しかしうまい言葉も思いつかず、冷静にならずとも長官直々の誘いを、少士のような下っ端が断るなどあまりにも礼を欠くと思い直し、観念するしかなくなった。


　巨大な面積を有する皇帝の宮殿は、主に皇城と宮城に分けられる。

　皇城は公的な儀式や執務が行われる場所で、奥の宮城は皇帝の私的空間である。正門を抜けて一番手前にある皇帝宮のみ、宮城の中で唯一男性の入場が許可されており、その奥に横並びにある皇太后宮と皇后宮以降はいわゆる後宮となり、宦官以外の男は入れない。

日が落ちてあたりも暗くなった頃、春霞達を乗せた馬車は宮城の正門前に停まった。

皇帝主催の小宴は、皇帝宮の一角に造られた杏香亭で行われるということだった。

いくつもの回廊をくぐり、豪奢な宮や庭園を横目で眺めながら、春霞はがちがちに緊張したまま、それでも珠里の影を踏まぬ三歩後ろについて進んだ。珠里は一人ではなく横に桃色の襖裙を着た十歳の長女を伴っていた。

かねてより存在を聞いていた珠里の娘に、春霞ははじめて対面した。顔立ちは珠里と似ていなかったが、聡明な雰囲気と物怖じしない態度は母親譲りかもしれない。春霞は先ほどからずっとそわそわしっぱなしなのに、十歳の長女はいたって落ちついて見える。

（生まれ持ったって、やつかなあ……）

けっこうな距離を進んだ頃、どこからか澄んだ胡弓の音色が響いてきた。落ちついて深みのある旋律は、昼に外城で聞いた楽隊のそれとはまったくちがう。

（そもそも、比べること自体がおかしいか）

大衆演芸の楽師と皇帝お抱えの楽師では、楽器の性能も奏でる曲もまったくちがっているだろう。

やがて回廊の先に、蝙蝠の羽のようにせりだした屋根を持つ杏香亭が見えてきた。苔のように深い緑色の屋根は、建物の名称にふさわしい薄紅の杏の花を咲かせた木々に取り囲まれている。

出入り口でもある紫檀の格子細工の扉の前で、珠里はとつぜん振り返った。

「そう緊張しなくても大丈夫だから」

いや、無理！　声にして叫びたいのを抑えるのに苦労する。いっぽうでこの方は背中に目がついているのか？　あるいは心が読めるのか？　と真剣に思ってしまった。

珠里は澄ましたまま、隣にいる長女の背を押した。

「琳杏。お行儀よくなさいね」

母親を見上げる琳杏は、特徴的な薄墨色の瞳を輝かせた。

「はい、お母様」

鈴を振るように弾んだ声は、聞き取りやすくて気持ちがよい。

警備の兵が扉を開くと、室内から眩い光が洪水のように外に広がり出る。

風に乗った匂やかな香が鼻腔の奥に伝わってきて、次いで流れてくる楽の音がいっそう大きくなった。もうそれだけで心臓が縮み上がったが、逃げ帰るわけにもいかず春霞は腹をくくってあとにつづく。

小宴といっても、そこはやはり別世界だった。

垂れ飾りの付いた銀細工の灯籠が照らし出す室内は、きらびやかな装飾と調度であふれかえり眩しいほどだ。色鮮やかな衣装に身を包んだ宮妓が、長裙の裾と披帛をひるがえし優雅に舞うさまを、盛装に身を包んだ貴人達が鑑賞している。そのうえ給仕の宮女達まで、誰もかれもびっくりするほど豪華な装いをしている。

窓際の一段高く設えた長椅子で、皇帝がくつろいでいた。もちろん顔など知らないが、瑠璃青という特色のある衣を着ることができる人間は、この国では天子のみである。正式な儀式や宴なら、玉座があの程度の高さに置かれるなどありえないだろうが、そのあたりが内輪の宴ということなのだろうか。

腹をくくったはずなのに、もう逃げ出したくなった。

「せ、先生……」

掠れた声で呼びかけるが、楽の音と人々のざわめきにかき消されて珠里の耳には届いていないようだった。もう一度呼びかけようと試みたとき、人々のざわめきがぴたりと静まった。

次いで楽の音が止み、宮妓達が糸の切れたあやつり人形のように舞を止める。そして彼女達はそそくさと両脇に引きさがり、玉座にむかうための道を開ける。

春霞はきょとんとなり、あたりを見回した。

その先で珠里が、娘の手を引きながらつかつかと玉座に歩み寄ってゆく。

すっと熱が引いたように冷静になり、春霞は珠里の後ろ姿を見守った。

珠里は玉座の少し手前で足を止めると、娘の手を離して拱手(きょうしゅ)した。彼女が顔をあげた先に座っていた皇帝・笙碧翔(へきしょう)は威厳のある声音(こわね)で言った。

「やっと来たな」

「陛下からのお誘いを、何度もお断りして申し訳ありません。新学期で学校の運営が忙しかったものですから」

それは皇帝の招待を断る理由になるんですか？

宮女に促され中央付近の席に座った春霞は、耳を疑うよりは震えあがる思いで珠里と碧翔のやりとりを聞いていた。

碧翔はいったん渋い顔をしたものの、すぐに声をあげて笑いだした。

「そなたはあいかわらずだな。だが医者の不養生(ふようじょう)という言葉もある。今宵(こよい)はゆっくりしてゆけ」

「仰(おお)せにしたがいます」

珠里の言葉に満足げにうなずくと、碧翔は横に立つ琳杏に視線を動かした。

「琳杏、大きくなったな」

「はい。昨年の晴れ着は小さくてもう着られません」

物怖じせずに琳杏は答える。十歳の子供とは思えぬほど機転が利(き)いた返答だ。

少女の成長が微笑ましいというように、玉座で碧翔は頬(ほお)を緩(ゆる)ませた。

「そうか。ならば新しいものを作らなければならないな」

「はい。身の丈に応じたものを作ろうと、すでに市井から商人を呼び寄せております」

まるで牽制するように珠里が答えると、玉座で碧翔が心持ち頰を膨らませたように見えた。

やりとりを眺めていた貴人達は、おかしくてならないように笑いを堪えている。ようするに珠里は、碧翔が琳杏にとんでもない豪奢な衣装を誂えることを避けるため、あらかじめ釘を刺したのだ。

女子太医長・范珠里は皇帝・笙碧翔の妻で、長女琳杏の父親は皇帝である。

それは暗黙の了解で、宮中に縁のない春霞だって知っている公然のことだった。

そこにどのような経緯があって、碧翔が珠里を妃としなかったのかは分からない。ただ歴然とした事実としてそれがあり、後宮に住まう複数の妃の誰よりも、碧翔の心を占める女性が范珠里であることを万人が承知していた。

「琳杏、こちらに参れ」

碧翔の手招きで、琳杏はためらうことなく父親の傍に歩いていった。

娘を置いていったん引き下がった珠里は、目敏く春霞を見つけると横の席についた。このままほったらかされたらどうしようかと心配していたので助かった。

珠里は料理が山盛りになったままの春霞の膳を見て、ちょっと怒ったような声を出した。

「なに、全然手をつけていないじゃないの」

「き、緊張しちゃって」

「食事は健康の基本よ。特に若いうちはしっかり食べないとだめよ」

「でも宮中料理って、豪華すぎて身体に良いとは思えないのですが……」

春霞の答えに、珠里は長い箸を手にしたままぷっと噴き出した。

「確かにそうね。でも陛下だって日頃は、料理長と私が提案したお食事を召し上がっていただいているわ。それにあなたは若いから、そこまで気にしなくてもいいわよ」

すでに楽と舞は再開され、宴はふたたび賑わいを取り戻しだした。その間にも幾人か臣下が訪れ、碧翔の前まで出て挨拶をしていたが、春霞はほとんど関心をはらわなかった。というのもやはり料理人が腕を振るった宮中料理は驚くほど美味なものばかりで、夢中になってぱくぱくと食べていたからだ。

(すごい。こんなおいしい焼餅、はじめて食べた)

誘われたときは思いっきり臆したが、いざ来てみると珠里の隣で彼女以外の人間と話すわけでもなく、ただひたすらおいしいものを食べるだけだった。来て良かったというか、来て得をしたという心持ちだ。

お腹もいっぱいになりいち段落ついた頃、刻限を知らせる鐘が響いた。するとそれまで音楽に耳を傾けていた珠里が、くるりと春霞に視線を動かす。

「ちょっと後宮のほうに行ってくるけど、あなたはどうする？」

「後宮？」

春霞は箸を空に浮かしたまま、首を傾(かし)げた。

現在、後宮を担当している女子医官は一期卒業生の馬鈴葉中士(まりんようちゅうし)である。珠里をのぞけば筆頭の医官だ。皇太后(こうたいごう)のみ珠里が担当しているが、他の妃嬪(ひひん)や宮女達は彼女の管轄(かんかつ)だった。

「皇太后様の具合が悪いのですか？」

「いいえ。ご健(すこ)やかにお過ごしよ。馬中士から、治療にかんして相談を受けたのよ」

つまり彼女の手に負えない病人が後宮から出たのだろうか。病人に対しては不謹慎(ふきんしん)だが、女子医官局の長官と筆頭医官の二人が論じ合う現場に立ち会えるのだ。女子医官にとってこれほどの僥倖(ぎょうこう)はない。

「行きます！　一緒に行かせてください！　いますぐ行かれますか!?」

声を弾ませる春霞に、珠里は苦笑を浮かべる。

「お茶ぐらいいただいてから、行きましょう」

「もらってきます、私」

立ち回る宮女を呼ぶという発想はなく、春霞は席を立った。

紫檀に螺鈿(らでん)細工を施(ほどこ)した椅子と卓子(たくし)の間を抜けて通路まで出る。そこで近くを通った宮女に声をかけようとしたときだった。

「杏林殿！」

耳の後ろで太鼓を鳴らされたのかと思うような声に、春霞はどきりとして足を止める。ちなみに杏林とは医師の尊称だが、自分のような若輩者がそんな呼び方をされるとは思わない。

（え、太医長のこと？）

もちろんそれ以外の男性医官もいるかもしれないが、基本的に宮中での医官の身分は高くないので、男女どちらであれ太医長以外の医官がこのような場にいるとは思えなかった。ここに来ることを春霞が臆したのは、そんな事情もあった。

「杏林殿！」

飛び込んでくるように目の前に現れた人物に、春霞は度肝を抜かれた。

広場で会った、あの青年だった。昼の筒袖とちがい、華やかなこの場にふさわしい刺繍を施した若草色の大袖を身につけている。その姿は清廉で、人好きのする品のよさがにじみでていた。

「あ、あなたは……」

「まさかこんなところで会えるとは思わなかった！」

青年は興奮しているが、春霞は気恥ずかしいのと気まずいのが重なってどう対応していいのか分からない。しかも彼の声がやたらと響くので、おのずと周りが注目している。その視線も耐え難いし、そもそも杏林殿などと尊称で呼ばれることが十年早い。

「き、杏林なんてやめてください。向春霞です。向少士と呼んでください」

「向春霞。春霞か。それがそなたの名なのか？」

そうじゃなくて、いや、そうだけど呼んでほしいのは下の名前ではない。どう言って訂正しようか悩んでいると、青年は胸に手を当てた。

「向少士。私の名は犀阮陽だ」

「は、はあ……」

「よかった。また会えて。あのまま別れてしまったから、ずっと気になっていたんだ。怪我人の経過をそなたに報告できないからな」

「……」

思いがけない阮陽の発言に、春霞は不意をつかれたようになった。

つまり阮陽は、春霞があの怪我人達のその後も気にかけていると考えていたのだ。

しかし実際はちがう。春霞はすでに忘れていた。そこまで言うと大袈裟だが、自分ができることはしたと思いこむことで、それ以上のことは自分の範疇ではないと割りきっていた。

最善の薬を処方したところで、それを買う金がない病人を救うことを医師はできない。

宮中で働いているかぎりそんなことはないが、街にはそのような例は枚挙に遑がない。色々と考えはじめると、無力感に押しつぶされそうになってしまうからだ。

　返答に戸惑う春霞に、阮陽は訝しげな眼差しをむける。

「向少士？」

「犀大夫は、向少士と面識がおありなのですか？」

　助け船のように声をかけたのは珠里だった。

　いつのまに席を立ったのか、少し離れた場所で不審げに二人のようすをうかがっている。

というか珠里の発言からして、阮陽と珠里のほうこそ面識があるようだ。

（え、大夫!?）

　父がなり得なかった最高位の官僚の呼び名に春霞は耳を疑う。

（というか、そもそも大夫って年齢じゃないし……）

　どうみたって二十歳前後である。大夫はその位を得るために非常に難易度の高い試験が課されるので、必然合格するためにはある程度の年月が必要とされる。

　疑心暗鬼の眼差しをむける春霞の前で、阮陽から経緯を聞いた珠里が答えた。

「そうだったのですか。広場での事故については、私も向少士から直接話を聞きました。一年目の医官としてはよく頑張ったと解釈しましたが、犀大夫の目にはいかがでしたでしょうか」

「よく頑張ったどころではなく、鬼神のような働きぶりでした。あれは若い女性というより修羅場を何度もかいくぐった軍医の目でした。いや、むしろ鬼にとり憑かれたとでも言うべきかもしれません」

　阮陽はあいかわらずの調子だが、微妙な褒め言葉に春霞はしかめ面をする。

　珠里もどう判断して良いのか迷ったのだろう。阮陽の言葉をさらりと受け流し、春霞のほうをちらりと見る。

「もし怪我人になにかあれば、遠慮なく向少士に問いあわせてください。官舎を通していただければ大丈夫ですから」

　珠里は立場上そう言うしかないのだろうが、春霞は正直辟易した。自分の手を離れた事案だからということではなく、応急処置以降のことを任されるなど単純に一年目の医官には荷が重すぎるからだ。

　幸いにして阮陽は、珠里の提案に手を横に振った。

「それは心配に及びません。近所の医者に診察に行くように申しつけましたから」

　そこまでしてあげたのかと、春霞は本気で驚いた。

　あの修羅場で接した劇団長は、それほど性質の悪い人間には見えなかった。だが医者から診察を受けるにはけっこうな金額がかかる。しかもあの人数だから、そのつもりがあってもできない可能性は高い。

だからこその行動かもしれないが、そもそも阮陽はこの事故にいっさい関係がない。地区の役人でも担当医でもない阮陽に、怪我人達のその後を心配する義務はない。それなのにこの人は、なんの疑問もなく彼等を気にかけている。そしてそれが春霞も同様だと信じて疑っていない。

きっとこの人は印象通り、心がきれいな人なのだ。だから他人もそうだと思いこめる。なんだか自分がひどく冷血漢のように思えて、春霞は嫌な気持ちになった。

こういう屈託のない人間は、春霞はちょっと苦手だった。

女子医官達とうまくやれるのは、同じ志を持つ者同士ということもあるが、それ以上に彼女達がそれぞれになんらかの屈託を抱えていることを知っているからだ。だから春霞はなんの劣等感も持たずに安心できるのだ。

阮陽と珠里は、まだやりとりをつづけている。

「はい。いまから犀徳妃様のもとにお伺いいたします」

珠里の答えに、いまからようすを見に行く相手は徳妃なのかと理解した。ならば太医長自ら足を運ぶべき相手かもしれない。

「そうですか。姉上のこと、どうぞよろしくお願いします」

阮陽の返事に春霞は目を見開いた。

徳妃とは、皇后と皇貴妃に次ぐ四妃、すなわち徳妃、賢妃、貴妃、淑妃の一人である。

碧翔は皇后をたてておらず、もっとも早く入宮した淑妃が皇子を二人産んだことで皇貴妃にたてられていたのだが、彼女は早世し、いまいる三妃は誰も子供に恵まれていない。しかし三妃はまだ若く、今後男児を産む可能性は十分にある。そうなれば皇后にたてられることも夢ではない。

文脈からして阮陽は、犀徳妃の弟ということになる。そのうえこの若さで大夫なら、将来は約束されたも同然である。

ようやく話を締めた珠里に春霞がほっとしていると、とつぜん目の前に手が突き出された。

気づくと阮陽が握手を求めるように、腕を伸ばしている。

「え？」

「昼間伝え損なったから――」

まっすぐに目を見つめながら、阮陽は言った。

「向少士。本日のそなたの働きぶりには本当に感謝している。そしてその冷静さと知識を尊敬している」

戦で戦功をあげた兵に言うような言葉を、春霞はとっさに受け止めることができなかった。もちろん差し出された手に、どんな反応を示せばよいのかもわからない。

「向少士」

促すように珠里に言われ、ようやく春霞は阮陽の手を握り返した。

戸惑う春霞の態度を、若い娘の異性に対する遠慮とでも受け止めたのだろうか？　阮陽はその表情に、ちょっとだけ微笑ましいというような雰囲気を匂わせていた。

後宮の宮医室に行くと、緑の官服を着た馬鈴葉が待ちかまえていた。

「太医長。わざわざ足を運んでいただいて申し訳ありません」

馬中士は深々と頭を下げた。ちなみに春霞が同伴していたことにかんしては、助手だとでも思ったのか特に気にしたようすはなかった。

「苦労しているようね」

まずは慰労の言葉をかけた珠里に、馬中士は浮かない表情のままうなずいた。珠里は愛弟子の肩をぽんっと叩き、励ますように言った。

「ひとまず徳妃様のところに行きましょう。話は通してあるの？」

「はい。太医長が来てくださるとお聞きになられ、ことのほかお喜びでございました」

「あまり過剰に期待されても困るんだけどね」

やれやれというような珠里の物言いに、春霞は少し不審を覚えた。

もちろん馬中士も立派な医師だが、やはり珠里は別格の存在だった。その彼女が診察するとなれば、とうぜん犀徳妃も期待するだろうに。病人に対しては親身な言動が多い珠里の口から出たその言葉には、少々違和感があった。

釈然としないまま回廊を進み、犀徳妃の住む木蓮殿を訪れた。

玄関で馬中士が訪問を告げると、透かし彫りを刻んだ朱塗りの扉が内側から押し開かれる。

表に出てきた宮女が、馬中士とその後ろに立つ珠里の顔を見て一礼する。一般の宮女は官位を持っていないので、立場は医官より低いのだ。

中に入るとまず前庁が広がり、正面の壁には花鳥を刺繍した巨大な壁掛けが飾ってある。

中央の花台には磁器製の花瓶が設置され、殿の名と同じ白木蓮が品の良い香りをただよわせている。神話の名場面を描いた格天井から釣り下がった灯籠の光は控えめで、先導役の宮女と春霞達三人の女子医官の影を灰白色の壁に細長く映し出した。

奥にと進み、犀徳妃の寝室にむかう。

珠里と馬中士は横並びに歩きながら、なにやら論じあっていたが、少し距離を取っていた春霞にはよく聞こえなかった。影は壁に流れているので踏みようはないが、立場上あまり接近することもできずに、春霞はうずうずしっぱなしだった。

（いったいなにを話しているんだろう。ものすごく聞きたいんだけど……）

懸命に耳を澄ませてみるが、どうやら二人は敢えて聞こえないように声をひそめているようである。部下である春霞のことを気にする必要はないと思うので、ここは先導役の宮女かあるいはどこかにいるかもしれない他の宮女に気を遣ってのことだろう。こんなところでも女子医官と後宮の女性達との間にある微妙な緊張を肌で感じてしまう。

やがて正面に、朱塗りの扉が見えてきた。

「こちらが、徳妃様の寝室です」

宮女が扉を開くと、その奥はほの暗かった。見ると卓子の上に小さな灯籠が灯されているだけである。寝室と考えればそれも然りだが、これでは診察もしにくかろう。部屋の中央あたりに天蓋付きの寝台が備えられ、帳の奥は暗い闇のようにしか見えない。

「徳妃様。范太医長がお出でになられました」

宮女の呼びかけに、帳の奥で濃い影がうごめいた。

目を凝らした矢先、帳を突き破るように白い手がにゅっと飛び出てきた。春霞は危うく悲鳴をあげそうになった。ほの暗い中でそれは、白蛇が首をもたげたようにしか見えなかったからだ。

もちろんそれは蛇などではなく、犀徳妃の手であった。

宮女が帳を脇に寄せると、寝台には絹の夜着をつけた婦人が起き上がっていた。

小さな灯籠の光に照らされた佳人の姿に、春霞は目を奪われる。

（すごい。こんなきれいな人、はじめて見た……）

夜着姿で髪も結っていないというのに、犀徳妃の美貌は誰の目にもあきらかだった。年の頃は二十代半ばほどと思われる。清楚でありながら匂いたつような華やかさを併せ持った麗姿は白木蓮にも喩えられそうで、まさにこの殿にふさわしい女主人であった。

犀徳妃は珠里の姿を目にするなり、表情を輝かせた。

「ああ、ようやく来てくださったのね」

歓喜の声をあげる犀徳妃に、珠里は寝台から少し距離を取った場所で拱手した。

春霞は、犀徳妃のどこが不調なのか気になってしかたがなかった。というのも起き上がったときの動作や弾んだ声音が、病人とは思えぬほどはつらつとしていたからだ。本来ならこの殿に来る道中にでも確認しておくべきことであったのだろうが、珠里と馬中士のやりとりに割って入る度胸はさすがになかった。

珠里は拱手を解いてから、犀徳妃に近づく。春霞と馬中士も遠慮がちにあとからつづいた。寝台脇に立つと、珠里は犀徳妃の顔をのぞきこむように上半身を屈めた。

「徳妃様。さっそくですが診察させていただけますか」

「もちろんよ。よろしくお願いするわ」

珠里の指示で、宮女が犀徳妃の夜着を脱がせる。

彼女の病態に対してなんの予備知識もなかった春霞は、思わず息を呑んだ。

本来であれば白木蓮の花弁のごとくなめらかであるだろう彼女の背は、全体が赤い発疹と鱗屑で覆われていたのだ。

なまじ美しい女人だけに、思わず目を背けたくなる状態だった。夜着を手に控える宮女などは、見慣れているはずだろうに痛ましげに目をそらしている。

もちろん春霞も病状には驚いた。しかしそれで動じる医師などいるはずがない。春霞は眼を皿のようにして犀徳妃の病状を観察した。

（なんだろう、湿疹かしら？）

よく見ると症状は背中だけではなく、肩や腕のあたりにも広がっているようだ。しかも鱗屑の具合からしてあきらかに進行中である。このままではいずれ、顔面や首などの目に見えるところにまで症状が及ぶかもしれなかった。

「分かりました。着物を着ていただいてけっこうです」

珠里の言葉に宮女が、犀徳妃に衣を着せ掛ける。望診を終え、珠里は問診を開始した。

「痒みのほうはいかがでしょうか？」

「痒みは時間や天気によって、まちまちかしら」

「では、どんなときに強くなりますか？」

「それはあまりはっきりしないわ。とつぜん痒くなることもあるから」

珠里の問いと犀徳妃の答えを、すぐ傍で馬中士が帳面に書きつけている。春霞も自分になにか手伝えることはないかと考えたが、なにも思いつかないうえに、いまそれを問えるような空気でもなかった。

「夜は眠れていますか？」

「そうね。ひどく痒いときは眠れないこともあるわ」

ひとつひとつを丁寧(ていねい)に答える犀徳妃の姿勢から、症状を少しでも良くしたいという彼女の思いがひしひしと伝わってくる。

さもありなん。痒みという肉体的な苦痛はもちろんだが、なにしろ彼女は帝(みかど)の妃だ。寵愛(ちょうあい)を競う立場で容色を損ないかねない症状に苛(さいな)まれたのなら、それはどれほど不安なことだろう。きっと藁(わら)にでもすがりつきたい思いにちがいない。

なぜか春霞は、自分の左腕がまるで火傷(やけど)でもしたようにひりひりと痛む気がしてきた。柘榴(ざくろ)をつぶしたような赤痣(あかあざ)は、目を背けたくなることはあっても痛いと感じたことは一度もなかったのに——。

春霞は無意識のうちに、左腕をぎゅっと押さえつけた。そうやっているうちに、犀徳妃に対してある感情が芽生(めば)えてきた。

（お気の毒な……）

自分では気づかなかったが、それはほとんどはじめて春霞の心に芽生えた感情だった。

これまで春霞にとって、気の毒なのは常に自分だった。

生まれつき腕に広がる痣のせいで、兄夫婦からはひどい言葉をぶつけられてきた。両親からは結婚も子を産むことも諦めるように諭されてきた。

惨めだった。だけど自分を気の毒だと思っていたら生きてゆくことが辛すぎる。だから力ずくで自分に対する憐憫を抑えこむことで、春霞はここまでやってきた。

そうなると自然と、他人を気の毒だと思う気持ちまでもが薄れてくる。どんな衝撃に遭遇しても、自分の辛い経験を思いだすと心はたちまち弾力をなくして鋼のように頑なになってしまう。

だから昼間のような凄惨な現場で春霞がもっとも強く思うことは、痛そうだとか苦しそうだとかいう同情ではなく、ここでなにをしなければならないのかだけなのだ。自分の為すべきことを理解したとき、春霞の中に衝き上げるように使命感がこみあげる。その瞬間、ためらいや不安などの他のあらゆる感情はおざなりになる。

だからこそ春霞は、冷静で動揺しない。

だがいまはじめて、治療の対象である犀徳妃を〝気の毒〟だと思った。

美しい彼女の背に広がった発疹は、否応なく自分の腕にある痣を思い起こさせる。この症状によって妃という立場の彼女が受ける痛手は、あるいは春霞以上のものかもしれない。

はじめて患者に共感しながら、それでも春霞は医官として冷静に思考する。

（あの皮膚の症状だったら、私ならどうするだろう）

もとより徳妃という高貴な女性の治療が、自分のような若輩者（じゃくはいもの）に任せられるはずもないが、それでも春霞は自分の処方や指導方法を模索しようとした。

「ではいまの薬では、変化がないのですね」

珠里の問いに、犀徳妃は遠慮（えんりょ）がちに答えた。

「ええ、残念ながら」

「この症状をみるかぎり、そう判断せざるを得ませんね」

短く答えたのち、珠里は言った。

「分かりました。処方を変えてみましょう」

犀徳妃の表情が、目に見えて明るくなった。ちらりと見ると馬中士は納得できないという顔をしている。自分の処方がまちがっていたということだから気分はよいはずがない。しかし治らないという厳然とした事実があるから、彼女も珠里に相談したのだ。あるいはそこには犀徳妃の希望があったのかもしれないが。

犀徳妃は胸の前で両手を組み、ぺこりと頭を下げた。

「ありがとう、范太医長。やはりあなたに来てもらってよかったわ」

この対応には春霞も驚いた。いかに珠里が高名な医官であっても、徳妃の身分にある者が頭を下げる相手ではない。したとしても、せいぜい口頭での礼までだろう。

あんのじょう珠里はあわてて、頭を上げさせようとする。

「徳妃様、おやめください。もったいのうございます」

請われて頭をあげた犀徳妃だったが、なにがおかしいのかというような顔をしている。

ここにいたって春霞は、犀徳妃の人柄に感動した。辛い病床にもかかわらず、犀徳妃からはひねくれた言動も八つ当たりをする気配もうかがえない。

やはりあの阮陽の姉なのだとあらためて思った。きっとこの姉弟は、家族の愛情を受けて育って、それを疑うことなくすくすくと成長したきれいな心の持ち主なのだろう。

自分の育ってきた環境を顧みて、少しだけ心が痛んだ。

やりとりにいち段落ついてから、あらためて珠里は言った。

「これはご提案なのですが、よろしければ銀杏離宮のほうでご静養なさいませんか？」

銀杏離宮とは、文字通り後宮の別宮で宮城ではなく皇城の一角にある。

いったん入宮した妃嬪は、基本的に外に出ることはできない。もちろん後宮には家族でも男性は入れない。すなわち父親とも会うことが不可能となる。

しかしこの離宮は皇城にあるため、暗黙上家族との面会が自由となっているのだ。

なぜこんな施設ができたのかと言うと、第四代皇帝の時代、病で臨終間際にあった己の寵姫を哀れんだ帝が、両親と自由に面会させるために彼女を皇城に移したのである。

それ以降、銀杏離宮は皇城にありながら後宮の一宮とされるようになった。しかし創設の経緯が経緯だけに、死期が近い妃が行く宮と認識されていたのだ。ちなみに名前の由来は、銀杏の木が雌雄分かれて生えているからだそうだ。

一瞬なんのことかというような表情をしたあと、犀徳妃は顔色を変えた。珠里は素早く首を横に振った。

「そのような意味ではございません」

そうだろうと春霞は思った。犀徳妃の病状は、生命にかかわるようなものではない。

確かに治癒には根気がいるし、症状も辛いものがあるが、改善は可能な病状だ。

「この類の皮膚の症状は、実は食事と精神状態が大きく影響します。いまの食事で問題はないと思いますが、念のために再検討してみましょう。環境のほうも一度静かな場所でご静養なされたほうが良いかもしれません。温厚で名高い犀徳妃様ではございますが、やはり後宮では他の妃嬪の方々にも気をお遣いになられるでしょうから」

珠里は丁寧に自分の意図を説明した。確かに後宮にはあまたの婦人が仕えている。実際その中で碧翔の妃となっているのは極少数ではあるが、それでも同じ敷地内で妃同士が鼻をつきあわせかねない状況は気が休まらないことだろう。

（まして、こんな素直そうなお方だから）

珠里の診立てがまちがっていなければ、銀杏離宮に移るだけでかなり症状は改善するだろう。

「向少士」

考えを巡らせていると、とつぜん珠里から名を呼ばれて春霞は背筋をぴっと伸ばした。

「は、はい」

「明日から銀杏離宮で、犀徳妃様のお世話をしてさしあげて」

「わ、私がですか!?」

「処方は私がします。あなたはその通りに調合して、それを確実に犀徳妃様にお渡しして、なにか変化があればすぐに知らせなさい」

そういう意味かと、春霞は胸をなでおろした。それだけなら新人の医官でもこなせる簡単な仕事である。

「承知いたしました」

「そのような理由です。犀徳妃様。なにか不都合がございましたら、この向少士に遠慮なくお申し付けくださいい」

珠里の言葉に、犀徳妃は一歩後ろに立つ春霞にむかって微笑(ほほえ)みかけた。

「向少士というのね。よろしくお願いするわ」

「は、はい！」

こんな身分の高い女性から気さくに声をかけられ、春霞は信じられないやら感動するやらであたふたしてしまう。

そのとき、ふと気配を感じて春霞は視線だけを動かした。

斜め前に立つ馬中士だけが、納得できないように唇を結んでいた。それまで浮かれていた春霞だったが、たちどころに気持ちが引き締まった。

お付きの女官の端（はし）くれとして、馬中士の心情を思うと察して余りある。しかし治らないという現実があるのだから、どうしようもない。

お付きの女官も交えて今後のことをもろもろと話しあったあと、それまで愛想よくうなずいていた犀徳妃がふっと口をつぐんだ。

「でも陛下は、私が離宮に行くことをお許しくださるかしら」

「私がお話しいたしましょう」

きっぱりと珠里は言った。あまりにも迷いがないその物言いに、春霞は一瞬気圧（けお）されかかった。だがすぐに、それが珠里と碧翔の信頼関係に基づくものだと理解して感銘（かんめい）を受けた。

（太医長、すごい）

ため息をつくような思いで、春霞は珠里の横顔を見つめる。

さすがに犀徳妃も驚いた顔をしていたが、すぐに瞳を輝かせて言った。

「そうよね。范太医長が頼んでくれるのなら、陛下はきっとお許しくださるわよね」

木蓮殿を出たあと、宮医室前で馬中士と別れた。

そのまま皇帝宮にむかい、門前まで来たところでおもむろに珠里が言った。

「私はこのあと別に用事があるから、あなたは私の馬車を使って先にお帰りなさい」

不意をつかれはしたが、春霞はすぐに合点がいった。

珠里は皇帝のもとに参じるのだ。

そして今宵の皇帝は、妃を誰一人自分の閨には呼ばないのだろう。本日の宴が催された杏香亭は、二人の娘琳杏の生誕を祝して建てられた建物だった。

そう考えると、珠里と妃嬪達は恋敵の関係になる。そのうちの一人である犀徳妃を珠里が診るというのも、冷静に考えれば不穏な話である。しかし医師としての珠里が尊ばれすぎて、そんなつまらない懸念を思いつく者は誰一人いなかった。

もっと下世話な考え方をするのなら、三十路半ばで女子しか持たない珠里が、二十代の若い妃嬪達にいまさら野望を抱くと考えている者もいないのだろう。

「分かりました。ところで銀杏離宮にどのようにお伺いしたらよろしいでしょうか」

「住みこみなさい」

間髪を容れずに告げられた指示に春霞は驚く。というのも完全に、日に一回程度の往診のつもりでいたからだ。

「そうして犀徳妃様をよく観察して。あなたも分かっていると思うけど、馬中士の処方はまちがっていないわ。それなのに治らないというのだから、私達医師の目には見えない別の理由があるのかもしれない。それは徳妃様のお傍についていないと見つけられない」

いっそう重みを増した珠里の口調に、春霞はぎこちなくうなずくしかできなかった。

木蓮殿を出たあと、馬中士の処方を見せてもらった。医師となって一年も経っていない春霞が確定的なことは言えないが、なぜこれが有効ではないのか不思議に思うほどきっちりした処方だった。

（じゃあ、病状を悪化させる要因が他にあるってこと？）

そう考えたとき春霞の脳裏に浮かんだものは、後宮という環境だった。

皇貴妃が亡くなり三人の妃が並列する中、犀徳妃を貶めるためになんらかの工作が働いても不思議ではない。

噂に聞く後宮というのは、そういう場所だ。

「あの……それでもしかして、銀杏離宮でのご静養をお勧めになられたのですか？」

春霞の問いに、珠里は正否を答えなかった。

ただ春霞の目をじっと見つめ、諭すように言った。

「とにかく、目に見えるものをよく見て。そして見えないものをよく考えなさい」

第二章

翌日。春霞は当面の荷物をまとめて銀杏離宮を訪れた。

広大な皇帝宮の一角に設えられた宮殿は、小規模な宮に比して庭園が広く造られており、舟遊びができる広大な池も含めて風光明媚な景色が望める場所だった。

宮殿の随所に淡い色の春の花々が競うように咲いていたが、香りのきついものは皆無で、せいぜい風に乗って遅咲きの梅の香りがほのかにただよってくる程度である。建物の内装も色味や装飾は抑え気味で、皇帝の威勢を誇示するものではなく住む人の居心地の良さを追求したものになっている。設置の経緯を考えれば、必然そのような造りになるのだろう。

案内された部屋に荷物を置いたあと、春霞は宮殿内を探索しはじめた。

本来であれば真っ先に犀徳妃のもとに行くべきなのだが、宮女に訊くと就寝中とのことなので断念した。なんでも痒みのために、昨夜はよく眠れなかったらしい。

回廊を進みながら、複数ある廂房と院子を縫うようにして通り抜けてゆく。

最後に広大な庭園にたどり着き、人工の小島が浮かぶ翡翠色の池のほとりに立った春霞は安堵の息をついた。

「よかった。とりあえず危ないものは見当たらないわ」

春霞が危惧していたことは、この宮殿に犀徳妃の病状を悪化させるものがありはしないかということだった。強い香りを持つ花、花粉をまき散らす樹木。風向き等々、皮膚症状を悪化させる要因は点在している。しかし宮殿内をざっと見回ったかぎり、ひとまずそれらの存在は見つからなかった。

「とはいえなあ……」

春霞は眉を曇らせた。もし犀徳妃の病状になんらかの陰謀がからんでいるとしたら、環境よりも食事と薬にこそ気をつけなければならない。

薬は珠里の処方に従って春霞が調合することになっている。処方箋はまだ貰っていないが、今日中に届く予定だ。調合に使う生薬は、春霞が医官局から持参してきたものだから変なものが混ぜられている心配はないだろう。

問題は食事である。春霞の立場では、献立の指示はできても厨房の人事にまで口出しはできない。犀徳妃自身で信頼できる人間を配してもらうのが良いのだが、どういって切り出したものだろう。いくら珠里から任されたとはいえ、少士程度の身分の医官がそこまで口にすることはさすがにためらう。聞きようによっては、いま犀徳妃の周りにいる人間が怪しいと言っているように受け取られかねない。

「どうしよ――」

「杏林殿！」

右の耳から左の耳を突き抜けるような声に、春霞は驚きに身体を揺らした。

声につられて右側をむくと、あんのじょうそこに立っていたのは阮陽だった。

もちろん彼がここに来ていることは、まったく不思議ではない。家族との面会を自由にするための銀杏離宮なのだから。そうではなく春霞が閉口したのは、あれだけ言ったにもかかわらずまた杏林と呼ばれたことである。

「少士です、向少士ですってば！」

杏林などと面映ゆすぎて、つい怒ったような口調になってしまう。しかし阮陽にまったく気にしたようすはなかった。

「ああ、そうだったな。すまない。ついうっかりして」

頭をかきながら朗らかに返され、色々と気力が萎えた。どう受け止めているのか、阮陽は得意げに胸を張る。

「別に忘れていたわけではないぞ。向春霞だったな。可愛らしくて良い名前ではないか。いまの季節に相応しい。ひょっとして誕生月なのか？」

「……来月です」

「おお、そうか。幾つになられるのだ？」

「十七歳になります」

「ということは、いま十六か？」

しごくあたりまえのことを訊かれ、春霞は事務的にうなずく。

「いや、そうか。若そうだとは思っていたが、そこまでだとは。太医学校は四年だから十二歳で入学したのか。たいしたものだな」

その言葉、その歳で大夫の地位にいるあなたにそっくり返すと春霞は思った。

「ところで、なぜそなたがここにいるのだ？」

「徳妃様からお聞きになっておられないのですか？」

逆に問い返した春霞に、阮陽は首を横に振った。

「いや、私もここには今日初めて来たのだ。先ほどお伺いしてみたが、お疲れのようでいま休まれているとのことなので、時間をつぶしていた」

「私も同じことを言われました。実は私、范太医長から徳妃様のお世話を任されたのです」

阮陽は驚きに目を円くする。そりゃあ一年の経験もない医官に担当されると聞いたら、身内としてはそんな反応になるだろう。

「ご心配なく。診断はすべて范太医長がしてくれます。私はあくまでも指示に従ってお世話致しますから」

「心配なんかしていないぞ」

阮陽は断言した。気を遣ってくれたのかもしれないが、自分の経験年数を考えればありえない現実に春霞は少々白けてしまう。

「お気遣いなく。私はまだ一年目の医官ですから」

「そういうことじゃない。そなたは冷静だ。自分にできることは遺憾なく発揮するし、手に余ることであれば、それもきちんと判断して他人に頼ることをためらわない。そういう冷静さと判断力は持っているから心配していないと言ったのだ」

阮陽の丁寧な説明を、春霞はしばしぽかんとして聞いていた。

そのうち自分のひねくれ具合が恥ずかしくなってきてしまった。

「……あ、ありがとうございます」

「范太医長はそなたのことを、本当に信頼しているのだな」

「微力ではございますが、精いっぱい尽力致します」

居たたまれなさから消え入るような声で春霞は答える。

そこで話は終了したと思ったのだが、阮陽は思いがけない提案をした。

「そろそろ姉上もお目覚めだろう。行ってみようか」

「え、四半刻ほど前に断られたばかりですが」

「私が訪ねてから半刻以上経っている。そこからすればそろそろ良い頃だろう」

確かに春霞が訪ねたときが寝入ったときとは限らなかった。それぐらいの時間が過ぎているのなら行ってみても良いだろう。

春霞は同意し、阮陽とともに犀徳妃の居室である正房にむかった。

回廊を進む途中で、ふと思いついて尋ねる。

「犀大夫と徳妃様のご両親は、もうお出でになられたのですか？」

「いや。父上は御前会議が終わってから行くつもりのように仰せだったが、あまり遅くなるようであれば姉上のお身体に障るので後日になさるだろう。母上は――」

役職までは分からないが、どうやら阮陽と犀徳妃の父親は御前会議に参加するほどの地位にある人物らしい。そのうえ娘は徳妃で、息子は大夫というのだから絵に描いたような名家だ。

「――私達が幼い時分に亡くなっている」

母親にかんする返答に妙な間があった気がして、春霞は首を傾げる。

しかし阮陽はちらりとも視線を動かさず、ひたすら前をむいている。だから春霞も深い意味などないものとして、そのまま目的地まで足を運んだ。

出入り口で犀徳妃の状況を尋ねると、少し前に起きたところだという。そこからは宮女に案内されて彼女の部屋にたどりついた。

扉を開くと、奥にある寝椅子に犀徳妃が横たわっていた。

この時間だからなのかその場所だからなのか、夜着ではなく朱色に黄色の糸で文様を織り出した鮮やかな衣装を着ている。きちんと髷を結って紅をつけた姿はいっそう美しく、徳妃としての貫禄すらただよわせている。

しかし日光の下で見ると、先日は気づかなかった肌荒れが目立った。

（本当なら皮膚への接触が少ない、緩い衣がよいのだけれど……）

一応進言しようかと思ったが、さすがに挨拶をする前からそれでは礼を欠いている。そもそもそんなことは、馬中士からも珠里からも言われているだろう。分かっていても女性であれば、たまには着飾りたいと思うことはしかたがない。

「姉上、お久しぶりです」

阮陽は拱手し、少し後ろで春霞も同じようにする。

犀徳妃はゆっくりと上半身を起こし、弟に微笑みかける。

「本当に久しぶりね。こんな間近で接するのは何年ぶりかしら。大きくなったわね」

「姉上が入宮なさったのが五年前ですから、私は十六歳でした」

妃となってからも皇帝宮で顔をあわせる機会はあっただろうが、簾越しや距離を隔てていたりなどで、水入らずというわけにはいかなかったにちがいない。

短い昔話のあと、犀徳妃は後ろにたたずむ春霞に目をむける。

「向少士。来てくれたのね」

「は、はい」

名前を覚えていてもらったことと、優しい口調に感動してあからさまに声が上擦ってしまった。犀徳妃は春霞と阮陽をそれぞれに見比べた。

「ところで、なぜ二人が一緒にいるの？」

「ああ、それはですね」

阮陽は得意げに、先日の祭りでの一件を語りはじめた。春霞がどれほど機敏かつ果敢に立ちふるまったのか、まるで活劇のあらすじを語っているような口ぶりだった。

（ちょっと止めてよ……。犀徳妃様がひいちゃったらどうするのよ）

あんのじょう犀徳妃はあぜんとしていたが、幸いにして眉を寄せるような表情ではなかった。

驚かれることは仕方がない内容なので、怖がられなかっただけでも良しとすることにした。容赦ない態度で治療に臨む姿をあまり克明に語られると、たとえそれが必要な処置でも患者を怖がらせてしまう可能性がある。

しかし話を聞き終えた犀徳妃は、余裕のある笑みを浮かべて言った。

「そうだったの。頼りがいがありそうね、向少士」

「い、いえ。若輩者です。ですが、私は范太医長の指示のもとに動くだけですから、その点はご信頼いただいて大丈夫です」

「確かに范太医長は本当に立派な医師。陛下のご信頼が厚いのも納得できるわ。この銀杏離宮への移転も、彼女が頼んでくれたので陛下は二つ返事で承諾してくださったそうよ」

　珠里への手放しの称賛に、なぜか春霞は自分が褒められたかのように得意な気持ちになってしまった。

（やっぱり、太医長はすごい！）

　同時に犀徳妃の素直な人柄にも、いっそう好感を持つようになった。

　少しして中に入ってきた宮女が犀徳妃に話しかけた。

「徳妃様、陛下がお渡りになられました」

　春霞は耳を疑い、阮陽も驚きの声をあげた。

「陛下が!?」

　答えを求めるよう阮陽が視線を動かすと、犀徳妃はほんのりと頬を赤らめた。

「恐れ多くもお見舞いに来てくださると、今朝連絡があったのよ」

　それでこの装いなのかと、春霞は納得した。

にしても瀕死の状態というのならともかく、皇帝が一妃の見舞いのためにわざわざ離宮に足を運ぶとはものすごいことではないか。彼の人間性なのか、犀徳妃に対する愛情なのかは分からないが、いずれにしろ本人からすれば天にも昇るような僥倖にちがいない。

　それでなくとも肌が荒れたことで、皇帝の寵愛の変化に少なからず不安を覚えていただろうから。

（これで気持ちが前向きになって、病状によい影響を及ぼしてくれるといいけど……）

上気した頰を両手で包む犀徳妃は、少女のように純真無垢に見えた。

そのようすに春霞は胸を打たれ、阮陽は実に嬉しそうな顔をした。

「姉上、すぐにお暇しますので、私からも陛下にご挨拶とお礼を申し上げてもよろしいですか？」

「もちろんよ。父上からもお礼とお詫びは言っていただいていると思うけれど、あなたは陛下から覚えも目出度いのだから」

そうなのか？　と春霞はあらためて阮陽を見た。

まあ大夫という身分から優秀であることはまちがいないし、性格も誠実で素直そうだ。将来を目された高官として、皇帝に目をかけられていても不思議ではない。

「で、では私は先に――」

戻りますと春霞が言いかけたとき、両開きの扉が音をたてて開いた。

戸口に立っていた宮女が、皇帝の入室を告げた。

春霞は背筋をぴしっと伸ばしたあと、そうじゃなかったと急いで膝をつく。もちろん隣の阮陽は無難に膝をついている。

「よい、立ち上がらずとも。休んでいよ」

顔を伏せているので、耳あたりのよい落ちついた皇帝の声だけが頭の上で響く。

文脈からして、犀徳妃が寝椅子から立ち上がろうとしたのを留めたのだろう。衣擦れの音と足音が混じって聞こえ、ひたすら床だけを見つめていた春霞の視界に白っぽい裙の裾が飛び込んできた。

立ち止まった？　そう思った瞬間、すぐ近くで声がした。

「そなた達は立つがよい」

そなた達と言われても、春霞はとっさに対応ができずにちらりと隣の阮陽の反応を見る。さすがに慣れたもので、阮陽は特に躊躇もなく立ち上がった。幸いなことに彼は立ち上がり際に促すように背中をぽんっと叩いてくれたので、春霞もならうことができた。

しかしいざ立ち上がってみると、距離が近いだけに皇帝の姿を見ないように視線を落とすのにかえって苦心する。先日の宴のときは距離をかなり置いていた。しかし今回は衣の文様まで見えるほどの位置である。阮陽ならともかく春霞の身分で、許しを得てもいないのに皇帝の顔を直視するなどとんでもない非礼だった。

「犀大夫。さっそく姉の見舞いに来てくれたか」

親しげに皇帝は話しかける。どちらかというと高めの声なのに、落ちついて威厳がある。これが天子の地位にある者の貫禄なのか。賢帝と名高い彼の業績を重ねあわせて、なおのことそう感じてしまう。

「陛下の慈悲深さに、犀家一同心より感服しております。銀杏離宮での療養で、きっと姉上の病状も改善にむかうものと信じております」

型どおりの阮陽の言葉に、春霞は思わず顔をあげてしまった。

阮陽を見るつもりだったのに、はずみで前方に立つ皇帝の姿が視界に飛び込んでくる。

（わ、まずっ！）

あわてて目を伏せようとした矢先、皇帝の声がした。

「よせ。そういう言い方は病人を追いつめる」

「!?」

自分が思っていたことを、まさか皇帝の口から聞くとは思ってもいなかった。それで春霞は目を伏せるのを忘れて、そのまま彼の姿を見つめてしまった。

平服なのだろう。瑠璃青ではなく藤色の対襟の大袖姿は神々しいまでの品格に満ちており、世間に流れる噂通り際立って美しい容貌の持ち主だった。

身体つきはすらりとしていてそれほど大柄ではない。それでも人より背は高く、背筋がすっと伸びた優雅な立ち姿は絵画から抜け出したかのようだ。白皙の美貌は相対する者の視線を捉えずにいられない。

（やっぱり、琳杏さんと似ている……）

先日はじめて顔をあわせた師の娘の姿を思いだす。

琳杏は美しい少女だったが、碧翔のような圧倒的な美貌ではなく、親しみやすさが勝るあたりは珠里の面影を受け継いでいる部分もあった。しかし薄墨のように淡い特徴のある瞳の色は碧翔にそっくりだった。

ついつい見入ってしまっていると、ぶつかるように視線が重なった。

あわてて目をそらそうとした矢先、皇帝は微笑みを浮かべた。

「そなたも、そう思わないか?」

「え?」

春霞は耳を疑う。自分が声をかけられたのだと認識するまで、しばし間を要した。卒業したての医官が皇帝から話しかけられるなど、にわかには信じがたい出来事だ。

「向少士」

察したのか、阮陽が肩を小突く。それで春霞はようやくわれに返った。

「は、はい。私も同じことを思っておりました!」

口にしたあと、阮陽に対して遠慮がなかったのではと後悔した。阮陽とて悪意があって言ったわけではないはずだ。おそらく皇帝への感謝と犀徳妃を励ますために口にした言葉だろう。

ただそういう常識や気遣いが、時として病人を追いつめる。普段は受け流せる程度の軽い言葉が、弱った身体と心には鋭利な錐のように突き刺さるときがあるのだ。

そんな経験からつい反応してしまったが、医師でもない人間であれば普通の発言なのだ。それを鬼の首でも取ったように言ってしまったのではないのだろうか。

しかし阮陽は、特に不快な反応は見せなかった。

「確かに、これは配慮に欠ける言葉でしたね」

潔く阮陽は自分の失言を認めた。もちろん皇帝の言葉を否定するわけにはいかなかったのだろうが、便乗したように春霞にまで咎められたことは内心では面白くないだろうに。

阮陽は身体のむきを変え、困ったような顔をしている犀徳妃に話しかけた。

「姉上、無神経なことを言って申し訳ありません」

「そんなこと、思ってはいないわ」

それまで黙っていた犀徳妃はあわてて否定し、今度は皇帝にむかって言った。

「陛下、私はなにも気にしておりません。弟も陛下への尊敬の念から勢いのある言葉を口にしてしまっただけだと思いますわ」

「もちろん承知している。犀阮陽は徳のある男だ。しかしまだ若いゆえ、ときには考えが足らぬところがある。しかし人間はそうやって指摘されることで学んでゆくものだ。若者は浅はかでも素直であればそれでよい」

驚くほど穏やかに皇帝が言ったので、阮陽は恐縮したように肩を竦めた。

皇帝は弟に対するような眼差しで阮陽を見つめ、その視線を春霞へと移動させた。

「さすが、珠里の教え子だな」

「……」

　春霞は返事の代わりに、そっと目を伏せた。もとより返答は期待していなかったのか、皇帝は黙って犀徳妃のほうに歩いていった。

　春霞は顔をあげることができなかった。ふと芽生えた疑念を周りに感づかれないようにするためには、顔を伏せるしか術がなかったのだ。

　珠里の名を口にした皇帝の眼差しは、驚くほど優しげだった。

「では、私達はこれで戻ります」

　阮陽の言葉に、春霞は顔をあげる。見ると阮陽が、皇帝と犀徳妃に暇を告げているところだった。あわてて春霞も阮陽にならい、二人は共に犀徳妃のもとを立ち去った。


「ちょうど時間もいいし、昼食にしないか」

　表に出て回廊を少し進んだところで、思いついたように阮陽が言った。

　とつぜんの誘いに春霞は返答に詰まるが、阮陽はどこまでも朗らかだ。

「遠慮することはない。そなたには前から礼をしたいと思っていたんだ」

　いや、遠慮ではなく気が進まないのだが。

先ほどの碧翔の注意にかんして、一言二言皮肉を言われるぐらいならまあ仕方がないが、そもそも同じ年頃の異性とむきあって食事をするなど気まずくてしかたがない。

「心配するな。味は折り紙つきだぞ。なにしろ我が家の腕利きの料理人をここに連れてきたのだから」

なにを誤解したのか見当違いの説得をする阮陽だったが、その言葉に春霞は反応する。

「ご自宅から、わざわざ料理人を呼び寄せられたのですか？」

「ああ。姉上が慣れ親しんでいた味のほうがいいだろうと思ったのでな」

あまりの幸いに春霞は両手を鳴らしたくなった。実弟が準備した昔馴染みの料理人なら危ぶむこともない。同時に阮陽が、本当にそれだけが理由で料理人を変えたのかが気になった。もし阮陽も周りの人間を疑っているのなら、彼は心強い味方になりうるだろう。

（少し話してみたほうがいいのかも……）

いや、あんがい阮陽もそのつもりで誘ったのかもしれない。

探るような上目遣いで、春霞は腹をくくった。

「ではご相伴にあずからせていただいてよろしいですか？」

阮陽は宮女を呼んで食事の支度を言いつけたあと、春霞に声をかけて歩きはじめた。

連れていかれた場所は、池に架かった赤い太鼓橋を渡った先にある四阿だった。池の中央に造られた小島に建てられており、そこに行くなら舟か橋を使うしかない。いずれにしろ誰かが近づいてきたのならすぐに分かる状況だ。これから春霞が探ろうとすることを考えれば、しごく好都合な場所だ。

（もしかして、敢えてこの場所を選んだのかしら？）

疑問に思ってようすをうかがうも、春霞には彼の思惑は読み取れなかった。

円卓を挟んでむかいあって座るやいなや、阮陽は口を開いた。

「そなたはすごいな」

「え？」

「私はあまり深く考えず、あのように安易な励ましを口にしてしまった。だがそなたはもっと複雑なことに気づいていたのだな」

心底感心したように阮陽は語る。嫌みの一言ぐらい覚悟していた春霞は驚いたが、同時に阮陽の人柄の良さをあらためて認識した。

（この方、立派な人なんだ……）

若い男性ということで若干煙たがっていた節があったが、さすがに反省する。それで春霞は口調を和らげて告げた。

「私は医官ですから、あたりまえです。同じ理由で医師ではない犀大夫がお気づきにならずともそれはしかたがないことです。むしろ私は足を運んでくださったことも含めて、陛下の犀徳妃様に対するご配慮にとても感動しました」

臨終間際というのならともかく、皇帝が一妃の見舞いにわざわざ足を運ぶということ自体が大変な驚きだった。そのうえで犀徳妃の心中を思いやった〝病人を追いつめる〟の発言に春霞は心から感動していた――だからこそ、最後のあの言葉が気になったのだ。

「それはもちろんだ。陛下は本当に英明な君主であらせられるからな」

まるで自分のことのように、得意げに阮陽は言った。この態度だけで、阮陽が皇帝に心酔していることが伝わる。最後に少し引っかかりはしたが、皇帝の徳の高さはもはや疑いようがなかった。

「お待たせ致しました」

橋を渡ってきた宮女達が声をかけながら、卓上はさまざまな料理で埋め尽くされる。大皿に盛った饅頭の他に、小さな蒸籠が幾つも並べられる。最後にやってきた宮女が白磁の碗に熱い茶をそそいだあと、彼女等は揃って戻っていった。見ると回廊側の橋のたもとで一人が控えている。

「遠慮しないで食べてくれ。足りなければ、いくらでも作らせるから」

にこにこと食事を勧める阮陽に、春霞は一礼してから箸を取る。蒸籠から好みの菜をいくつか皿に入れ、最後に饅頭に手を伸ばした。

饅頭を手で割り、甘辛く煮込んだ豚の角煮を挟んで頬張る。

「おいしい」

春霞は感嘆の声をあげた。食べ慣れた組み合わせのはずなのに、その味は日頃食べているものとまったくちがっていた。もちろん日頃屋台で食べるものも美味なのだが、なにしろ味の繊細さが段違いだった。饅頭も角煮も大味なところや雑味が一切なく、変な表現だが極上の絹を食べているような感覚になる。確かにこの腕ならば、敢えて連れてきたくなるだろう。

春霞の反応に、阮陽はしたり顔でこくこくとうなずく。

「そうだろうとも」

「犀家の料理人という方は、長い間お宅で働いているのですか？」

「もう三十年近いかな。私も姉上もずっと彼の料理で育ったから、少しはお慰めできるかと思ったんだ。後宮には料理人でも男は入れなかったからな」

そう言って阮陽は、自分も焼売に箸を伸ばした。

「うん、うまいな」

「ご自宅で毎日食べてらしたのではないのですか？」

「昨日からこちらに寄越しているので、昨晩は食べていない。長年の習慣で一日一回は彼の菜を口にしないと欲求不満になりそうだ」

あながち冗談とも思えぬ口ぶりに、春霞は呆れたように言った。

「堪え性のない。その方は当面こちらで料理を担当なさるのでしょう。明日からどうなさるのですか」

「だからちょいちょいこちらを訪ねるつもりだ。もちろん姉上のごようすをうかがうことが第一だぞ」

「別に疑っていませんよ」

くすくすと笑いながら告げたあと、春霞はおたがいの碗が空になっていることに気づいて茶壺を手に取る。

「お代わりは……」

言いかけて、阮陽がぽかんとしていることに気がつく。

「大夫？」

「あ、ありがとう。いただこう」

やけにぎこちない反応に、春霞は首を傾げつつ茶をそそぐ。

琥珀色の液体で満たされた碗を手にしつつ、阮陽はあらためて春霞を見た。なにごとかと思って身構えていると、彼は息を吐くようにぽつりと言った。

「笑うのだな」

一瞬なんのことかと思った。

「そりゃあ、おかしければ笑いますよ」

「いや、可愛いので驚いた」

「……」

春霞は、自分の頬が瞬く間に熱くなるのを感じた。

（な、なに？　この人、いまなんて言ったの？）

聞き違えたのか？　そうでなければ、真顔で、しかも本人を前にして言う言葉だとは思えない。ほとんど珍獣でも見るような気持ちで、マジマジと見つめてしまう。しかし阮陽はいっこうに動じなかった。

「こうやって見ると、笑わなくても可愛い顔立ちだな。いや、祭りの日の鬼神のような働きぶりの印象が強くて、そなたの顔をしっかりと見たことがなかった」

多少照れてでも言ってくれるのなら、まだ春霞も対応のしようがあった。しかし阮陽の語りようは、皿に取った餃子を箸で割りながらまるで世間話をするかのようなのだ。

（なんなの、この人⁉）

猛烈に焦るのと同時に腹が立ってしかたがない。もちろん阮陽は怒るようなことは一言も言っていない。むしろ褒められたのだから礼を言うべき発言だ。つまり春霞は阮陽にではなく、焦りすぎて冷静さをなくしている自分自身に猛烈に腹を立てているのだ。

（しっかりして、私！）

このまま照れて、あわてて終わってしまっては食事に付きあった意味がない。

内心で自らを叱咤し、春霞は力ずくで気持ちを切り替える。

「ところで、ちょっとお尋ねしたいことが」

「なんだ？」

池に舟が浮いていないこと。橋を誰も渡ってきていないこと。その双方を確認した上で、さらに春霞は声をひそめた。

「料理人を代えた理由は、他にありませんか？」

阮陽は箸を持つ手を止めた。彼の顔から先ほどまで浮かんでいた笑みが完全に消えていた。

探るように春霞の顔を見つめたあと、阮陽は小さく嘆息した。

「あくまでも用心のためだ」

やはりそうかと春霞は思った。後宮という場所に流れる緊迫した空気をあらためて思い知らされる。もちろん犀徳妃の症状が陰謀（いんぼう）によるものだと決まったわけではない。本当に難治性の病なのかもしれない。だがひとまずそれを疑わなくてはならない環境ではあるのだ。

（だったら処方の変更は、ようすをみるべきかしら……）

料理人を犀家の者にすることで、犀徳妃の病状が改善する可能性もある。

もちろんそんなことを春霞の立場で決められるはずはないから、まず馬中士に相談をしてみるしかない。色々な場所を飛び回っている珠里に比べ、馬中士であればたいてい後宮ずだ。

の宮医室にいるから捕まえやすい。必要であれば彼女のほうから珠里に相談してくれるは

考えを巡らせているところに、おもむろに阮陽が言った。

「このことは、姉上には黙っておいてくれ」

阮陽の要望に春霞は首を傾げた。

「料理人が昔馴染みの者に代わったことを教えてさしあげたほうが、犀徳妃様は安心なさるのではないですか？」

「姉上は誰も疑っていない。だから下手に話せばかえって動揺させる。料理人を代えたのはあくまでも懐かしい味を食してもらうためだと、本人には説明している」

犀徳妃に病状が現れたのは三カ月ほど前からだ。それ以降、阮陽は文でのやりとりを交わしていたが、彼女は後宮の他の妃にかんしては一言も触れていなかった。加えて彼女付きの女官にも尋ねてみたが、いっさい疑うような言動はなかったということだった。

「そうだったのですか……」

正房で面会したばかりの犀徳妃の、邪気のない笑顔を思いだす。

春霞のような身分の者にも気さくに声をかけ、自分より地位が下である珠里に対して最大限の敬意を払っていた。なにより皇帝が面会に来たときの、少女のようなふるまいは心が洗われるようだった。

確かに彼女であれば、それもありうるかもしれない。

「犀大夫」

あらためて春霞は呼びかけた。

「私は、宮中はもちろん後宮のことも噂でしか知りません。犀徳妃様を貶めるために何らかの陰謀が働くようなことは、現実に考えられるのでしょうか」

「それは十分ありうるが、もしそうだとしたら今回の件はやり方が生ぬるすぎる」

「え？」

「本当に姉上を陛下から遠ざけるつもりで食事になにかの細工をしたのなら、今頃毒見役が三人死んでいてもおかしくない」

善意の塊のような阮陽の口から出た過激な言葉に、春霞はひどく動揺する。

言われてみればもっともなことではあるが、さすがにすぐ受け入れることができない。人の生命が消えゆく現場には何度も直面しているが、悪意を持って生命が奪われる状況など春霞は知らない。

衝撃に揺れる心を抑えつつ、春霞はあらためて考える。

確かに今日見たかぎりでは、皇帝から遠ざけるために犀徳妃を臥せさせることはかえって逆効果だ。むしろ同情した皇帝が、犀徳妃を特別視する結果になりかねない。

「では、やはり犀徳妃様の症状は病が原因だとお考えでしょうか？」

「正直に言えば判断しがたい。他の妃、あるいはその周辺の者達の陰謀だとしたら確かに生ぬるすぎるが、人の心はそんな冷静なものじゃない」

一段低い声で語ると、阮陽は碗を手にして茶をすすった。喉元をこくりと動かしたあと、ふたたび彼は口を開いた。

「婦人にかぎらずだが、嫉妬とは人になにをさせるか分からないからな」

阮陽と別れたあと、春霞は馬中士に会うために後宮の宮医室にむかった。

複数ある後宮の宮殿の中で、宮医室は皇后宮『牡丹宮』の一角にある。皇太后をのぞけばもっとも高貴な婦人になにかあったとき、すぐに参じられるようにとの考えからだ。皇太后にかんしては珠里が全面的に担当しているので宮医がかかわる必要はない。

ちなみに次位の妃が賜る宮は『芍薬殿』と呼ばれているのだが、三妃の間に差がないので、二つの宮は主がいないのが現状だ。

宮医室がある廂房にむかい、回廊を進んでいた春霞は少し先の光景に足を止めた。宮医室前の軒下に馬中士が立っていた。後ろ姿だが緑の官服を着ているのでまちがいない。

春霞が気になったのは、彼女とむきあうように別の女性が立っていたことだった。華やかな服装からして宮女程度の身分とは思えなかった。よほど官位の高い女官か、あるいは宮妓あたりかもしれない。後者の身分はけして高くないが、職業柄装いは人目を惹くものばかりだ。

後者ならともかく前者であれば、不躾に声をかけるわけにもいかない。

春霞は忍び足で近づいていって、声をかける間合いを計るために朱塗りの柱の陰で彼女等のやりとりに耳を澄ました。

「順賢妃様！」

聞き覚えのある馬中士の声が響き、春霞はぎょっとする。

（賢妃？）

それは犀徳妃の徳妃と同じく、四妃の称号のひとつである。

そんな高貴な身分にある女性が、自ら宮医室に足を運んでくるなど信じがたい。

（え、本当にお妃様？）

信じがたい思いで注視する。二十歳前後のその女性がまとうものは、翡翠色に孔雀の羽根を織り込んだ華麗な衣装。複雑に結い上げた髷を金細工に輝石をちりばめた髪飾りで飾った姿は高位の妃にふさわしい装いだ。よく見ると少し離れた位置で複数の宮女達が控えている。

どうやら、本物の賢妃らしい。

春霞は柱の陰に身をひそめ、二人のやりとりが終わるのを待っていた。相手が賢妃ともあれば会話の途中で話しかけるなどできない。

「お前がしっかりしないからよ！」

順賢妃が刺々しい声をあげる。背中をむけられているので馬中士の表情は分からない。治療についてなにか不満があったのかもしれないが、頭ごなしの非難に春霞は自分が言われたかのように心臓が縮み上がる気がした。

「まったく、なぜ妃嬪の一人にすぎない犀徳妃を范太医長が担当するのよ」

順賢妃の言葉に春霞ははじめて気づく。

皇太后と皇帝の担当医である珠里が、三妃のうちの一人だけを診ることは平等を欠く事態につながるのだ。となると順賢妃はそのことが面白くなくて、結果的に犀徳妃を快癒に導けなかった馬中士を責めたてに来たのだろうか。

（でも范太医長は、施療院の入所者にも治療をしているけどね）

施療院とは公設の救済施設で、身寄りのない病人や怪我人を収容する場所だ。病を得たものだけではなく、老人に孤児や寡婦などを含めた貧者を救済する施設も存在する。男女に分かれているため、女性棟には女子医官が配置されているのだ。珠里はしばしばそこに足を運び、若い医官への指導と同時に、ときには自ら治療に当たっているのだった。もちろん皇帝も皇太后も承知のことである。

それを知っている春霞からすれば、順賢妃の言い分は正直失笑を禁じ得ない内容だ。とうぜん馬中士も知っていることだが、この場でそれを口にしても火に油をそそぐだけである。

そのあとも順賢妃はしばらくブツブツ言っていたが、馬中士が口を開くことはなかった。ただひたすら無言で彼女の批難に甘んじている。少し離れた場所に控えるようにしていた春霞だったが、馬中士が気の毒で次第に賢妃に対して腹立ちを覚えてきた。治療が功を奏さないので怒るのなら分かるが、賢妃は犀徳妃の特別扱いが面白くなくて怒っているだけなのだ。

（腹立つなあ……なにか止める方法はないかしら）

春霞が手段を考えていた矢先、順賢妃が急に声をやわらげた。

「まあ、お前も気の毒よね。不名誉な形で手を引かされて……あそこまで醜くなってしまった状態を治すなど、そう簡単なことではないでしょうにね」

犀徳妃が自分の病状を他の妃に見せていたとは到底思えないのだが、なにを根拠にしているのか得意げに順賢妃は語る。そのうえひどくなった、ではなく醜くなったと表現するあたりに底意地の悪さがにじみでている。

馬中士はなにも言わずに話を聞いている。確かに彼女も今回の措置には多少なりとも不満はあるだろうが、それを第三者に訴えるほど愚かであるはずがない。

やにわに順賢妃は声をひそめた。

「それでね、実はお前にちょっと相談があるの」

「!?」

明確に変化した順賢妃の声音(こわね)に、春霞は脅威(きょうい)を感じた。

彼女の発言を馬中士に聞かせてはならない。本能でそう感じた春霞は飛び出していた。

「大変です、馬中士！」

あたりに響きわたるような春霞の声に、馬中士と順賢妃はもちろん控えていた宮女達もびくんと身を震わせた。かまわず春霞は彼女等の傍に近づき、わざとらしく息を切らした演技をして、すぐに言葉が継げないように装った。

順賢妃はわずかに狼狽(ろうばい)したあと、開き直りのように忌々(いまいま)しげに眉(まゆ)を寄せた。そのいっぽうで馬中士の表情にはあきらかな安堵(あんど)の色が浮かんだ。

「無礼な！　賢妃様がお話し中であろう」

控えていた宮女が、一歩前に出て声をあげた。

「け、賢妃様!?」

白々しくも春霞は、彼女を知らないふりを装った。そのほうが非礼の言い訳が立つこともだが、なにより立ち聞きをしていたことがばれてしまうからだ。

「も、申し訳ございません。実は緊急事態が……」

平身低頭(へいしんていとう)して言うと、今度は馬中士が声をあげた。

「え、犀徳妃様がどうかなさったの？」

犀徳妃の名前に順賢妃は即座に反応した。

「お前は犀徳妃のなんなのですか？」

先ほどまでのややきんきんした声ではなく、凄（すご）みを増した声音に春霞は身を硬くする。

彼女が馬中士に持ちかけようとした事柄が春霞の予想通りだとしたら、犀徳妃に近い人間には絶対に聞かれてはならないことだ。逆に春霞が犀徳妃側の人間だと分かれば、ここで話をつづけることを諦めてくれるだろう。

しかし春霞が口を開く前に、馬中士が簡潔に告げた。

「彼女は范太医長の指示で、犀徳妃様のお世話をするため、現在銀杏離宮に勤めている医官です」

順賢妃の表情が目に見えて険しくなった。

これで話が終わる。春霞が胸をなでおろしたときだった。

「なんなの、その汚い腕は」

いっさい身構えていない状態で、鳩尾（みぞおち）を拳で殴（なぐ）られたような衝撃だった。

おそるおそる目をむけた春霞ははじめて気がついた。なにが原因だったのか、左袖（ひだりそで）がずり上がって前腕部のほとんどが露出していたのだ。

（いつのまに？）

いったい、いつから？　なぜ気づかなかったのか？

いかに自問をしても手遅れだ。日の下で目にした緋色の皮膚も、順賢妃の容赦ない嫌悪の声音も、春霞から平静を奪おうとする。鼓動が急速に速くなり、息をすることすら苦しく感じてしまう。

青ざめた春霞に、順賢妃は柳眉を逆立てた。

「もしかしたら、犀徳妃の病気がうつったの？」

「恐れながら、徳妃様の症状はうつるようなものではございません。現にずっと治療にあたっていた私も宮女達も誰一人症状は出ておりません」

間髪を容れずに馬中士が弁明する。

順賢妃はひどく白けた表情で馬中士を一瞥すると、虫でも見るような目で春霞を見た。

「じゃあなんなの。お前のその腕は？」

「……生まれつきです」

春霞は声をしぼりだす。腕ではなく、焼かれたように喉が痛い。

順賢妃はいっそう眉を寄せ、そのあと合点がいったというようにうなずいた。

「なるほど。それじゃ医官になるしかないわよね」

「……」

とうとう春霞は言葉を失った。

痣(あざ)を揶揄(やゆ)されたことにではなく、医官になった経緯の指摘が真実だったからだ。

そうだ。生まれつきのこの痣のため、春霞は幼い頃から、誰かと結婚することを否定されていた。そんな春霞にとって、女子医官は望んだ道ではなく唯一の選択肢(せんたくし)だったのだ。

青ざめた春霞に、順賢妃は満足げな笑みを浮かべる。

「まあ、いまの犀徳妃の世話をするにはお似合いの娘ね」

蔑(さげす)みの言葉をぶつけると、順賢妃は被帛(ひはく)をひるがえして立ち去った。

控えていた宮女達も行列を作るようにして付き従う。春霞はその場に立ち尽くし、自分が心に受けた衝撃が過ぎ去るのをひたすら待っていた。

うっすらと開けた唇から荒くて短い息が漏(も)れ、応じるように胸が上下する。

息が苦しくて、賢妃の暴言ばかりが頭を占(し)めて他のことが考えられない。人からなにを言われようと、誰にも迷惑をかけていない。だから毅然(きぜん)としていればいいと言い聞かせているのに、実際には腕を隠して生活しているし、人から指摘されればこれほど動揺(どうよう)する。その自分の弱さが腹立たしくてならない。

「向少士(しょうし)」

不安げに馬中士が声をかけてきた。

春霞はすぐに返事をすることができず、ぎこちなく顔をむけた。馬中士は戸惑うように春霞を見たが、すぐに毅然とした声で言った。

「ありがとう、助かったわ」

そこで馬中士はいったん声をひそめた。

「おそらくだけど、話を聞いても絶対に加担できない。でも断れば秘密を知った者として命を狙われかねないからね」

やはり、そういうことか。少し落ちつきを取り戻した春霞はあらためて認識した。

おそらく順賢妃は、犀徳妃を害するための策略を持ちかけようとしたのだろう。担当を外された馬中士が、少なからず犀徳妃を恨んでいるであろうことを推測して。たとえ担当ではなくなっても、医官という立場を利用すれば犀徳妃が服用する薬にいくらでも細工はできる。

「そういうことではないかと思ったものですから、お役に立ててよかったです」

「あんな方の言うことなんて気にしないで」

率直に言われてかえって返答に戸惑う。

「私はあなたのような聡明な娘にとって、医官は天職だと思っている」

そう口にしながらも馬中士が春霞にむける目には、深い同情の念が湛えられていた。居たたまれなさから、春霞はわずかに視線をそらす。馬中士に悪意はない。彼女は春霞の機転に感謝したうえで、順賢妃の暴言に心底憤っているのだ。

だがその同情が、春霞を惨めな気持ちにさせる。

「気になどしておりません」

春霞は答えた。

「賢妃様がおっしゃったように、きっと私は殿方から見向きもされない存在なのでしょう。ですが、だからこそこの道を選べたのです。たとえ婦道から外れていると謗られようと、男の意思に左右されないこの生き方を選べたことに私は満足しております」


牡丹宮から銀杏離宮に戻る間、春霞は順賢妃のことを考えないように努めた。あそこまで露骨に罵倒されたのは、実家を出て以来だった。なるほど、それで乗り超えたのだと勘違いをしていたわけだ。

そう分析すると、自嘲的な笑いが漏れる。

「まだまだね……」

もっともっと強く冷静にならなければいけない。

たとえ唯一の選択肢だったとしても、春霞は医術という学問を学ぶことが楽しかったし、医官となったいまでは、医師という仕事にやり甲斐を覚えている。

いつの日か、堂々と腕をさらして仕事をしてみせる。

決意を新たにすると、春霞は銀杏離宮の厨房にむかった。阮陽が連れてきたという、新しい料理長に会うためである。厨房の出入り口のところで下働きの女に医官であることを告げて呼び出してもらうと、ほどなくして奥から六十歳くらいの男が出てきた。

祖父のような年齢の相手は、春霞が名乗る前に口を開いた。

「向医官ですね」

「え、なぜ私の名前を……」

取り次ぎを頼んだ女には、医官だということしか告げていない。

春霞の疑問に、料理長は愛想良く答えた。

「若様、阮陽様から仰せつかっております。非常に頼りになるお医者様だから、薬膳のことなどを相談するようにと」

思いがけない阮陽の計らいに驚いたが、実際問題としてそれはありがたい配慮だった。

目の前の料理長からは人の好さがにじみ出ているが、それでもたいていの年輩の男性にとって若い娘から指示を受けることは面白くないだろう。しかし阮陽のおかげで話がしやすくなった。

「よかった。実は私もそのことでご相談にあがったのです」

「ええ、どうぞなんでも言ってください」

料理長の穏やかな口調に、ほっとしつつ春霞は語った。

「できるだけ肉や魚類を避けて、豆腐と野菜を中心にした刺激の少ない献立が理想です。

特に肉類のような栄養価が高すぎるものは、身体の中にある邪をさらに悪化させますので。菓子類や油が多い食べ物も控えめにお願いします。お若い犀徳妃様にはなかなか大変な注文かもしれませんが、なんとかお好みに添うような献立を考えていただけませんか」

もちろん肉や魚が身体に悪いわけではない。それらは病人によっては大切な栄養素だ。しかしあの手の皮膚症状に、高栄養の食品はそぐわない。高齢者ならともかく、若い犀徳妃にはなかなか試練の食事制限である。まして作るほうは、それを食べてもらわなければならないのだから頭が痛い注文だろう。

「お安いご用ですよ」

軽々と了承され、春霞は驚く。ひょっとして自分が要求した内容を理解していないのでは、という疑いも生じた。

「元々お嬢さ……徳妃様は、いまあまり食欲がわかないようなので、私がここに来てからは粥を中心に、豆腐と野菜の汁物などをお出ししております」

「そうだったのですか」

きちんと理解してもらっていたことに春霞は安心した。食欲がわかないというのは病からの症状で喜ぶべきことではないが、ある意味不幸中の幸いだった。

「では、よろしくお願いします」

あらためて告げたあと、春霞はいったん自室に戻った。

あてがわれた部屋は廂房の一角にある個人房だった。寝台と多目的に使える長方形の卓子、そして小さな茶炉が備えてあった。これで薬を煎じることができるのは助かった。

本来であれば医官は薬を調合するだけで、煎じるのは宮女に任せたほうが合理的だろう。服用は基本的に空腹時だから、常に傍にいる宮女達ならば犀徳妃の状況にあわせて提供ができるからだ。

それでも春霞は、自分の手で煎じたものを届けるべきだと思っていた。宮女達を疑っているわけではないが、厨房にさえあそこまで用心したのだからとうぜんのなりゆきだ。

茶炉の存在を確認したあと、春霞は寝台に腰を下ろしてようやく一息ついた。

「でもよかった。料理長が話の分かる人で……」

これも阮陽の気遣いのおかげである。もちろん料理長の人柄もあるだろうが、彼が話をつけていてくれなければ、あんな簡単に話は進まなかっただろう。若い女性というのは世間ではちやほやされるが、仕事上では最大限に侮られるという両極端な扱いを受けやすい立場である。

「今度会ったら、お礼を言っておかないと」

本気か冗談か分からないが、料理長の菜を食べるためにも銀杏離宮に頻繁に顔を出すつもりのように言っていた。多少大袈裟に言っている部分はあるだろうが、犀徳妃の見舞いもあるのだからいずれ顔を見ることもあるだろう。

そこまで考えて、ひそかに抱いていた懸念(けねん)がふいに大きくなった。

順賢妃に痣を見られてしまったのは、春霞が袖(そで)がまくれあがっていたことに気がつかなかったからだ。ふんわりとした大袖ならともかく、なぜ筒袖であの状態に気づかなかったのか本当に不思議なのだが、ともかくいつからあのように痣を晒(さら)していたのかが気になってしかたがなかった。

阮陽は見たのだろうか？

おそらく大丈夫だろうとは思っている。阮陽と別れてから、牡丹宮の宮医室に行くまでしばらく時間があった。その間あの状態に気づかなかったとは考えにくい。確定はできないがあの袖は、なにかのはずみで寸前で引っかけるかなにかしてしまったのだろう。

気持ちを切り替え、春霞は犀徳妃のために方剤(ほうざい)の調合をはじめることにした。

方剤とは、生薬(しょうやく)を一定の割合で組み合わせた薬のことである。生薬はそれひとつでも作用を示すが、より多面的で効果的な治療をするために方剤として服用することのほうが多い。この方剤の処方が医師の技量の見せ所でもある。

もちろん春霞が調合するのは、珠里の指示に従ってのものだ。処方箋(しょほうせん)は先ほど馬中士から渡されたもので、今朝までのぶんはすでに調合して犀徳妃に届けているのだという。

馬中士と相談した結果、犀徳妃に対する処方は珠里が出したものを使うことになった。

というのも新しい処方箋は、馬中士が出していたものとほとんど変わらなかったからだ。

生薬の組み合わせは全く同じで、君薬という主症状に作用する薬の配分が多くなった程度のちがいでしかなかった。馬中士から聞いた珠里の言い分としては、銀杏離宮でも病状が変わらないようであれば、あらためて考えるということらしい。

ようするに珠里も、馬中士の治療が功を奏さないことに疑問を覚えているのだろう。そうなるとやはり外部からの影響を彼女も考えているのかもしれない。そのことを一応馬中士にも尋ねてみたが、彼女の立場ではなんとも言えないらしく答えを曖昧に濁されて終わった。

「よし、はじめますか」

持参してきた天秤を卓上に置き、片方の皿に必要量の分銅をのせる。それから必要な生薬をそれぞれに量ってゆく。

珠里の処方、というより馬中士の処方を少しいじった程度ではあるが、春霞は彼女達がそれぞれの生薬に託したであろう効果を推測しながら計測する。

皮膚の赤みを血が熱を持っている状態と解釈し、身体の内側の熱を鎮める清熱作用を持つ連翹を君薬とし、似た作用を持つ牡丹皮、黄連などを処方箋に従って配合する。

（なるほど。狙いは清熱と涼血か……）

順賢妃から浴びせられた暴言でおびえていた心は、少しずつ勇気を取り戻していた。

できあがった方剤を薬壺に収めてから、春霞は達成感から会心の笑みを浮かべた。

それからしばらくして、春霞は正房（せいぼう）にむかった。

犀徳妃の煎じ薬を届けるためである。空腹時の服用が原則なので、だいたい食事の四半刻から半刻前あたりが理想的だ。食事の時間は料理長に聞いて確認していた。

外に出たとき日は落ちかけており、回廊（かいろう）には丹（に）をわずかに溶かしこんだような黄金色の西日が差しこんできていた。

「もう、こんな時間になっていたんだ」

とはいえ昼の少し前に銀杏離宮に着いたのだから、半日も経っていない。ただ起きた出来事が色々と濃すぎて、時間感覚が分からなくなってしまっていたようだ。

「急がなきゃ」

眩（まぶ）しさに目を細めつつ、春霞は足を速めた。

前庁（ひろま）に入って要件を告げると、昼前には見かけなかった年配の宮女が出てきた。

「私がお預かりして、徳妃様にお渡ししましょう」

「いえ。今日は初日ですので、直接お会いして服用のご指導をさせてください」

春霞の言葉に宮女は露骨に眉（まゆ）を寄せた。それで春霞は、彼女がどうやら宮女ではなく女官らしいことに気がついた。しかも年齢からしておそらく少士（しょうし）の春霞より官位は高そうだ。

あんのじょう女官は声高に叫んだ。

「図々しい。少士ごときが徳妃様に直接お目通りがかなうと思っているのですか⁉」

春霞は医官として犀徳妃の世話を任されているから、目通りがかなうもかなわないもない。

とはいえいまそれを口にすれば逆上されることはまちがいないし、そもそも自分の返答が多少まずかったことは否めなかった。なにかと目障りな存在の女子医官からの間髪を容れずの断りは、女官の自尊心を傷つけたのだろう。

「ほら、早くよこしなさい。私が徳妃様にお渡しします」

右手を突き出す女官にひるんだ春霞は、思わず煎じ薬が入った鉄瓶を背に回した。

女官の眉がますます釣りあがったのを見て、春霞は臍を噬んだ。

「無礼な！　そなたは私を愚弄――」

「騒々しいぞ」

叱るようではなく、どちらかというと呆れたような声音が前方から聞こえた。

居室に通じる西側の扉が開き、その奥から阮陽が姿を見せた。まだいたのかという驚きもあったが、ここで彼が来てくれたことは春霞にとっておそらく幸いだった。なぜなら彼も犀徳妃の周囲を警戒している人間の一人だからだ。

どこから話を聞いていたのか、阮陽は女官にむかってなだめるような口調で言う。

「その娘は范太医長から直接命を受けた医官だ。姉上もそのことは了解しておられるから、そなたが心配することはない」

女官の顔を立てた物言いだったが、彼女は納得できないようでむすっとしている。かまわず阮陽は、春霞を扉のうちに呼び寄せた。

助かったとばかりに春霞が走りよると、阮陽は扉を閉ざしたあと声をひそめた。

「どうしたんだ？」

「お薬を、これからは念のために私が煎じてお届けしようかと……」

それだけで阮陽は納得したようにうなずいた。

そのあと二人並んで犀徳妃の居室までむかったが、その間も薬の提供の方法について話しあっていた。というのも一日三回の薬を春霞が届けることにすると、先ほどの女官のように犀徳妃の周りの者達から反発が出るであろうことが否めないからだ。彼女達からすれば信頼していないと言われているようなものだし、そこまでいかずとも頼りないとされていると受け取られかねない。

「姉上から、女官にお話しいただくことが一番だろう」

「ですが犀徳妃様は、周りはおろか後宮のお妃方にでさえ疑いを抱いていないとおっしゃいましたよね。そのような方にどのように切り出してよいのやら……」

春霞が不安を漏らすと、阮陽も渋い顔をした。

二人が居間に到着したとき、犀徳妃は昼間と同じ寝椅子にもたれて女楽師が奏でる七絃琴に耳を傾けていた。比較的音量が小さい楽器なので、ここに来るまで演奏に気がつかなかった。その点でも病人にはちょうどよい音色かもしれない。

犀徳妃は出入り口に立つ弟の姿に首を傾げた。

「阮陽、帰らなかったの？　ひょっとして忘れ物？」

「いえ。ちょうど向少士と会いまして、薬のことで姉上に話があるということでしたので同行しました」

どうやら阮陽は帰るつもりで前庁まで出てきて、そこであの現場に遭遇したということだったらしい。

「薬？　そういえばそろそろ夕刻の服用の時間ね」

「はい。ただいまお持ちしました」

犀徳妃は春霞が手にした小さな鉄瓶を見て、怪訝な表情をした。

「わざわざあなたが煎じてきたの？　これまでは馬中士が調合した薬を宮女が煎じていたのだけど」

「より効果的にするために、医学の知識がある者が煎じたほうが良いと思ったのです。馬中士は後宮中の女性を一手に引き受けておられているゆえ多忙ですが、私は犀徳妃様だけのお世話を任されておりますので、これぐらいはやらせてください」

とっさに口にしたわりには、意外によいことを言えたと思った。見ると阮陽も感心したような眼差しをむけている。

そんな春霞達に対して、申し訳なさそうに犀徳妃は答えた。

「せっかくだけど、いまは飲むことができないの」

「え？」

「小腹が空いたので、少し前に粥を食べてしまって……」

拍子抜けしかけたが、食欲があるというのは悪いことではない。まして粥であれば薬膳として問題もない。

「いえ、大丈夫ですよ。どれぐらい前に食されましたか？」

「四半刻は経っていないと思うけど……」

「そうですね。粥だからあと半刻ぐらいすれば大丈夫だと思いますが、できましたら一刻はあけていただきたいです」

「それならそこに置いておいてちょうだい。その時間になったら私が自分で飲むから」

そう言って犀徳妃が指差したのは、小さな茶炉だった。

確かに温めなおしはできるが、徳妃という身分にある人間にそのように手を煩わせることに春霞は抵抗があった。

「いえ、私がその刻限になったらまた参ります」

「大丈夫よ。自分の身体のためですもの。だったら自分でやらないと」

そう語ったときの犀徳妃の目には、これまで見たことがないような強い光が輝いていた。

治療に対する彼女の積極的な姿勢に共感しながらも、春霞は医師の倫理面で戸惑った。

患者の積極的な姿勢は不可欠だが、あくまでも管理は医師がしなければならない。患者が正しいと思って続けていたことが、思いこみや勘違いでいつのまにか誤った手段になっていることがあるからだ。

「ご立派です、姉上」

感嘆をにじませた阮陽の言葉に、犀徳妃は誇らしげに微笑んだ。それで春霞は水を差すような言動もできず、いったん口をつぐんでしまった。仮に服用時間をまちがえたところで、少し作用が弱くなるだけで害が出るような副作用は起きない。一回だけであれば、ここで説教じみたことを口にして、犀徳妃の治療に対する士気を削ぐほうがよほどまずい。

もろもろのことを鑑みて、春霞は鉄瓶を茶炉に置いた。

「それではお任せしますので、一刻以上過ぎてから服用ください。夕食は服用から半刻以上置いてからお願いします」

「それで明日から、どうするの？」

こちらから口にしようと思っていたことを先に問われた。しかしこれも犀徳妃の治療に対する積極性の表れなのかもしれない。

「明日の朝、またお持ちいたします。犀徳妃様はいつごろお目覚めでしょうか？」

「それがよく分からないの。夜があまり眠れなかったときは、つい寝過ごしてしまうから」

ありそうな話だが、ならば早目の決めた時間に持ってゆくしかないだろう。ただし犀徳妃が寝ている時間に薬を持ってきても、さきほどの女官の態度を考えれば直接渡すことができるかどうか疑問である。春霞は助けを求めるようなつもりで、隣に立つ阮陽をちらりと見る。

「では一日分を、昼にお渡ししたらどうだ？」

「昼に？」

春霞の問いに阮陽はうなずいた。

「どうせ病状確認のために一日一回はようすをうかがいに来るのだろう。そのときに一日分の薬をお持ちして、あとは姉上に食事の時間に応じて服用していただけばいい」

「ああ、それがいいわ。薬が届くのを待って、もう来るのかしら、いつ来るのかしらと考えているとどうしても気になってしまうのよ」

姉弟（きょうだい）は意気投合しているが、春霞は管理を患者に任せて大丈夫なのかと不安を覚えた。しかしここでそれをあまり声高に訴えては、今度は犀徳妃の管理能力を疑っていると取られかねない。先ほど言い方をしくじって女官を怒らせただけに、春霞は慎重に考えを巡らせた。

「それでは、そのように致しましょう。そのうえで服薬の確認のために、お食事の際の面会をお願いできないでしょうか。料理が運ばれるときに一緒にうかがいますので、犀徳妃様がやきもきなさる心配はないかと……」

食事前に薬を飲んだのかどうか確認し、もし飲み忘れていたのなら、服用してもらってから食事を少し遅らせてもらえばよい。妥協案ではあるが最低限の確認はできる。

話を聞き終えた阮陽は「なるほど」と納得したようにつぶやき、犀徳妃のほうに視線を動かした。

「いかがでしょうか、姉上。私はそうしたほうが安心だと思いますが」

「そうしてもらえるのなら心強いけど、そんなことをしてはあなたが大変でしょう」

思いがけない犀徳妃の配慮に、春霞はあわてて首を横に振った。

「わ、私は仕事ですから、むしろそうさせていただけると本当に助かります」

それでも犀徳妃は遠慮するように、口許に人差し指をあててしばらく思案していた。

だが阮陽が促すと、観念したようにうなずいた。

「では、そのようにはかってちょうだい」

春霞は胸をなでおろした。そして今夜の分と明朝の分をあとで持ってくることを伝えたうえで阮陽とともに犀徳妃の前を辞した。

二人並んで前庁まで出てから、春霞は阮陽に礼を言った。

「ありがとうございます。お口添えいただいて助かりました」

「いや。こちらこそそなたの機転のおかげで、姉上に周りを疑うように言わずに済んだ」

心底ほっとしたように答えたあと、しみじみと阮陽は言った。

「やはりそなたはすごいな。その状況で最適な手段を、即座に判断する。私は姉上に、宮女達に薬を煎じさせるのをとうぶん控えるよう正直に言うつもりでいたぞ」

それは阮陽の立場であれば問題がなかったのだと思う。少士にすぎない春霞が女官を相手にそれを言うと、色々と反発が起きるのだ。だから春霞もどうにもならなければ、阮陽から頼んでもらうつもりでいた。

「そんなこともないですけど、よかったです。犀徳妃様にそのおつもりがなくとも、そう言われれば宮女達も良い気はしないでしょうから」

「そこから主従の関係に亀裂が生じることもあるからな」

阮陽の懸念に、立場的に宮女達のほうに近い春霞は心から同意した。

春霞とて仮に珠里から、いま犀徳妃の担当を外れるように言われれば、どれほど理由を説明されてももやもやは残っただろう。そう考えると馬中士の複雑な思いも察することができた。

そこから二人は回廊に出た。眩いほどだった西日は朱色に変化しており、屋根のむこうに広がる空を燃えるような夕焼け色に染めあげていた。

「では、私はむこうですので」

春霞は正門とは逆にある廂房を指差した。

「そうか」

軽く応じた阮陽は、春霞とは逆方向に足を踏み出した。

しかしその足の動きがぴたりと止まり、彼はくるりと踵を返した。

「向少士」

呼び止められ、春霞はきょとんとして顔をむける。阮陽はふわっと口許をほころばせ、驚くほど優しげな笑みを浮かべて言った。

「今日はありがとう。お休み」

翌朝、目が覚めたときふっと阮陽の顔が思い浮かんだ。

ぼんやりとその状況を受け止めたあと、春霞は布団をはねのけて飛び起きた。

「わ、私ったらなにを」

焦る気持ちを抑えようと、冷たい水で顔を洗う。気持ちは引き締まったが、どきどきはなかなか収まらない。

「なんであの人のことを……」

顔を拭きながら恨めしげにつぶやく。よくよく考えてみれば順賢妃から暴言をあびせられたのも昨日のことだった。これまでであれば、前の日に憂鬱なことが起きたときはすぐにそのことを思いだしていたというのに。

「まあ、嫌なことを思いだすよりましか」

半ば強引に自分を納得させると、春霞は身支度をして厨房にむかった。犀徳妃の朝食にあわせて服薬状況を確認しに行かなければならないので、食事を運ぶ時刻を改めに行ったのだ。

「おはようございます」

声をかけて厨房をのぞきこむと、あちこちで火を使う室内はむっとするほどの熱気だった。朝食の定番である粥と饅頭を蒸す匂いが立ち込めている。

下働きの者が忙しく動く中、犀家の料理人がまな板に豚肉をのせていた。彼は目敏く春霞に気づき「おはようございます」と返事を返した。しかし春霞は彼が扱っている豚肉が気になってしかたがなかった。

「あの、それは犀徳妃様のご朝食ですか？」

遠慮がちに春霞は豚肉を指差した。薬膳として基本的に肉や魚は控えてもらっている。

彼はそれを了承してくれていたはずなのだが。

「ちがいますよ。昼食の仕込みです。若い宮女達は粥と野菜じゃ足りませんからね。頼まれて彼女達のぶんを別に作っているんです」

料理人の答えに春霞は安心した。

じきに料理を運ぶつもりだと彼が教えてくれたので、春霞は先だって正房にむかった。

宮女に案内されて居間に入ると、犀徳妃がいつもの寝椅子に座って杯を手にしているところだった。衣装は肌に優しそうな平織の衫で、髪もあまり凝った髷にはせず緩やかに結い上げているだけだ。察するに今日は皇帝の訪問はないのだろう。

「おはよう、向少士」

微笑みかけた犀徳妃の傍に春霞は近づいた。

「昨夜はいかがでしたか?」

「ええ、昨日は痒みがそれほどひどくなくて、わりとよく眠れたわ」

「そうですか。それはよろしゅうございました。お薬はいま服されたのですか」

「ええ、ほら」

犀徳妃は空になった杯を春霞に渡すと、傍らに置いていた団扇を手にしてゆっくりと扇ぎはじめた。

「今日は少し蒸しますね。雨が降るのかもしれません」

半分ほど開けた窓の外を見ながら言うと、犀徳妃は眩（まぶ）しそうに目を細めた。

「お天気は良さそうだけど」

「ここに来るときは、少し雲が多いようでした」

「あら、そうなの」

犀徳妃は窓のほうに身を乗り出した。そのはずみで団扇の先端が、春霞の袖口（そでぐち）に引っかかった。ぎょっとしたときはもう手遅れで、官服の袖がまくれあがって前腕の一部をさらす形になった。

「す、すみません！」

なにを謝っているのか分からないまま、とっさに春霞は袖を直した。しかし犀徳妃はしっかりと目にしたようで、ひどく驚いたように春霞の腕を見つめている。不幸中の幸いというべきなのか、きょとんとしている宮女達の反応からすると彼女達の目には入らなかったようだ。

とはいえ犀徳妃が見たことはまちがいない。人柄がまったくちがうと分かっているのに、順賢妃の暴言が記憶に刻まれてしまっている。鼓動がばくばくと鳴りはじめ、息苦しさを覚える春霞に遠慮がちに犀徳妃は問うた。

「それどうしたの、怪我（けが）でもしたの？」

「……生まれつきです」

「痒みとか、痛みとかはあるの？」

「いえ」

「あら、それならよかったわね」

ほっとしたように犀徳妃は言った。それ以上気にしたようすもなく、優雅に団扇を揺らしている。

しばし呆気にとられていた春霞だったが、少しして落ちつきを取り戻した。

──あら、それならよかったわね。

悪意も善意もない、素直な言葉が不思議なほど胸にしみた。

下手に慰められるよりずっと心地がよい。

あるいは自分が闘病中ゆえにそう思ったのかもしれないが、世の中の人間がみな犀徳妃のような反応だったら、どんなにか良いだろうと心から春霞は思った。

茶炉(ちゃろ)にかけた薬缶(やかん)の蓋(ふた)がかたかたと音をたてている。薬を煎(せん)じるときは方剤(ほうざい)の薬効を最大限に抽出するため、極弱火で四半刻程かけてじっくりと煮出すのだ。

沙鐘(すなどけい)の砂が完全に落ちたのを確認してから、春霞(しゅんか)は火から薬缶を下ろした。茶こしをのせた別の薬缶に、いま煎じたばかりの薬をそそぐ。網(あみ)には使用済みの方剤が残り、成分がきっちり濃縮された液体が新しい鉄瓶の中に落ちてゆく。

「よし、できた」

蓋をきっちりと閉めたことを確認してから、春霞は部屋を出た。

一日分煎じた薬を、昼過ぎに犀徳妃(さいとくひ)のもとに届けるようになってから三日が過ぎた。食事の時間にあわせた確認も含めると計四回訪室していることになる。春霞はかまわないが、犀徳妃が若干(じゃっかん)鬱陶(うっとう)しく感じていないかとの不安があった。

薬を持ってゆくときがちょうど食間の時間なので、このときに薬を服用してくれると夕食前の確認を減らせるのだが、間食をしてしまったとか胃が少しムカムカするなどの理由でこの三日間は服用してもらえないでいる。薬の量は減っているし、宮女達も服用しているところを見ているとのことなので飲み忘れはないようだが、味や温度にかんする反応を直接確認したいと考えていた。

回廊を進んで正房にたどりつくと、春霞が手をかける前に両開きの扉が開いた。

中から出てきたのは、官服を着た阮陽だった。

大夫が着用する袍は一般官吏の大士と同じ紫だが、使用される生地に雲鶴の地紋が織り込まれている。ちなみに大夫以外の一般官吏は平絹である。

「おお、向少士」

朗らかに阮陽は声をかけ、春霞も比較的愛想良い表情で返す。

杏香亭で声をかけられたときまではいくらか敬遠していたが、先日のやりとりですっかり彼を信用するようになっていた。若くして高い身分にあるにもかかわらず、驕ったところがなく誰にたいしても分け隔てなく優しい。若干抜けた部分はあるが、それも素直さの表れで基本的には聡明な人だ。まして犀徳妃の治療にかんして秘密を共有しているので、無意識のうちに連帯感が強まっていた。

「犀大夫。いまからお帰りですか?」

犀徳妃との面会からちょうど帰るところなのかと思った。しかし阮陽は首を横に振った。

「いや、私もいま来たところだったが、陛下がおいでになられているとのことなので引き返してきた」

「陛下が!?」

春霞は驚きの声をあげる。

皇帝が犀徳妃の見舞いに訪れたのは、わずか四日前だ。だというのに三日おいただけでふたたび足を運んだというのだから、彼女への寵愛のほどがうかがえる。

「それは、犀徳妃様もお心強いことでしょうね」

心から春霞は言った。医師としての責務と邪気のない犀徳妃の人柄に惹かれていたこともあったが、順賢妃への反発から犀徳妃への思い入れが強くなっていたことも事実だった。

「ああ。多忙な陛下がこれほど頻繁に足を運んでくださるなど、身内として本当にありがたい話だ」

「これで一部でも不安が払拭できるかもしれませんね。犀徳妃様もご病状を気に病まれて、陛下のご寵愛の変化を懸念されていたでしょうから」

「は？」

阮陽が訝しげな声をあげたので、春霞は聞こえなかったのかと思った。

しかし阮陽はすぐに次の言葉を告げた。

「いや、そんな理由で妻のもとから遠のく男がいるはずがないだろう」

「………」

発言の内容ではなく、阮陽の口調に春霞は驚いた。というのもそれが咎めるようなものではなく、春霞がよほど間の抜けたことを口にしたかのような口ぶりだったからだ。

もちろん春霞は、妙なことを言った覚えはなかった。さまざまな理由で容色が衰えた女性が寵愛を失う話は古今東西枚挙に遑がない。だから肌が荒れたことで、犀徳妃が自分に対する寵愛の衰えを懸念していても不思議ではないと思っていたのだ。

確かに春霞は男女の機微など分からないが、おそらく自分の見解のほうが一般的であることは感じている。たんに阮陽がそんなことを考えられない、情に厚い人間というわけだ。

春霞は複雑な思いで阮陽を見た。

疑念と救済と、そのどちらが自分の中で優位なのかよく分からない。

本当にそんな人がいるのだろうかという疑念と、そんな人が世の中にいてくれたのだという救われたような思いが胸の内でせめぎあう。

——でも、この人ならばそれもあるかもしれない。

これまで感じた阮陽の人柄の良さから、春霞の気持ちは自然と彼を信じる方向に傾きはじめていた。

「ところで向少士、そなたは診察に来たところだったのか？」

「はい。薬をこの時間にお持ちして、そのときにお身体を拝見させていただいております」

「そうか。で、どんな調子だ？」

「まだ四日目ですから。残念ながらいまのところあまり変化は……」

「まあ、そうだろうな」

あまり失望したふうもなく言ったあと、阮陽は春霞がぶらさげた鉄瓶をちらりと見た。

「しかし、せっかく持ってきた薬が冷めてしまうな」

「お茶じゃないから大丈夫ですよ。そもそも今夜と明日の朝の分はどうやったって冷めますから。すぐに温められるようにと思って、薬缶（やかん）に入れてお持ちしているのですから」

煎じ薬は温めて服用することが鉄則なので、服用時には火にかけて温めてもらうように指導している。炉に火を点けることは宮女がしているだろうが、犀徳妃の目の前でしてもらうのなら怪しい者が細工をする不安はない。

阮陽は身体（からだ）を反転させて、奥の前庁（ひろま）に目をむけた。

「病人への見舞いだから、陛下もそれほど長居はなさらないと思うが……」

「それではここで待っています」

春霞が言うと、それが良いというようにうなずいたあと、ふと思いついたように阮陽は口を開いた。

「せっかくだから庭園に行ってみないか。桃と杏（あんず）が満開で、遅咲きの梅も残っていて見事な景観だと宮女達が言っていた」

春霞は一瞬迷った。今日こそは薬の服用現場に立ち会い、味や温度に対する反応を見てみたかったので時宜を逃したくはなかった。そもそも花見自体に興味がない。あるのは梅の実は烏梅、桃の種は桃仁、杏も種が杏仁という生薬にそれぞれなるという程度の知識だが、あきらかに花への興味ではない。

装うこともだが、世間一般で美しいとされるものに春霞は興味がない。痣を気にするようになってからは、美しいものはすべて自分とは縁がないと考えるようになっていた。

とはいえ興味がないと言って断るなどあまりにも非礼である。それに阮陽の人柄に好意を抱くようになったいまでは、彼といることはけして苦痛ではなかった。

「あの、遠いのですか？」

「いや、すぐ近くだ」

それなら犀徳妃に薬を渡す時間が遅れることはないだろう。

「それなら行きましょう。お供させていただきます」

春霞が答えると、阮陽は嬉しそうに微笑んだ。

回廊を進み、幾つかの房を抜けた先に阮陽の言う庭園は広がっていた。

さして大きな場所ではなかった。池はなく、施設としては丘のように少し隆起した場所に小さな四阿が見えるぐらいだ。

白、薄紅、濃紅と濃淡を交えた梅、桃、杏の花々が、翅を開いた蝶のように咲き、妍を競っている。時季的に枝垂れ梅はほとんど散ってしまっていたが、地面を埋め尽くすように紅白の花びらを散らしたさまが美しい。

「やあ、見事なものだな」

回廊の軒下で、阮陽は遠くの山でも見るように額のあたりに手をかざした。

もちろん美しいことは春霞も分かるが、興味はそのあと成る実にしかない人間としては反応に困る。とはいえ黙っているのは申し訳なく、つとめて感銘を受けたふうを装ってなんとか言葉をしぼりだした。

「本当ですね。これだけ立派な木があれば、夏の頃には良質の生薬がいっぱい採れるでしょうね」

「…………」

阮陽の応答がなかったので、なにか妙なことを言ったのかと春霞は彼のほうを見た。すると阮陽は怪訝そうな表情で春霞を見下ろしている。

「あの、なにか？」

「そなた、花にはあまり興味がないのか？」

ずばり言い当てられて、春霞は猛烈に焦る。

(え!? ど、どうしてばれたの?)

花見の感想とも思えぬ自分の発言の斜め上具合に、春霞はまったく自覚を持たなかった。だからなぜ阮陽が本音を言い当てたのか分からず、しどろもどろに否定をする。

「え、そんなことないですよ」

「だいたい生薬と、これらの花がどう関係があるんだ」

「梅はその実を乾燥させて生薬として使いますし、桃と杏は種が生薬になるんですよ」

きっぱりと答えた春霞に、阮陽は今度こそ言葉を失ったようになった。

そうしてしばらくの沈黙のあと、しみじみとした声で言った。

「そなたは本当に、皮を剝いた中が好きなんだな」

一瞬なんのことかと思ったが、そういえば初対面の祭りの広場でそんなことを言った。人間なんて一皮剝けば同じで、血や骨のほうが美しいぐらいに思うと断言したのだ。

顧みて、ようやく先刻の自分の答えの的外れぶりを認識した。花が美しいという話題を振られて実の話を返すなど、花には興味がありませんと言っているようなものだ。

「い、いや……もちろん花は見事だと思いますよ。あの見事な花があるから立派な生薬が採れるのですから」

「美味い桃や杏という感想が出ないのが、そなたらしいな」

もはやため息をつきつつ、阮陽は言った。

かろうじて気は悪くしていないようだが、呆れ返っているのはまちがいなさそうだ。

なにに興味を持つか、なにを美しいと思うかなど個人の自由だが、気乗りしたふうを装って誘いに乗ったから、阮陽もさぞ鼻白んだことだろう。

（せっかく誘ってくれたのに、悪いことをしちゃったなあ……）

言い訳の言葉もなく黙っていると、阮陽はぞんがいにさばさばした口調で言った。

「まあ、いい。姉上のところにお持ちする分を採るから、一緒に選んでくれ」

新たな誘いに春霞は目を円くする。

この展開でなぜ自分に花を選ばせようとするのか理解に苦しむが、阮陽が怒ってはいないことが確認できたので安心もした。

「陛下のお庭のものですが大丈夫ですか？」

「許可を取っているに決まっているだろう」

苦笑混じりに答えられ、それもそうかと春霞は納得する。

薬缶を柱の傍に置き、二人で枝振りがよさそうな花を探しはじめた。これらの花は若干香りがあるが、それほどきつくはないので犀徳妃の病状に障ることはないだろう。梔子や金木犀というのならさすがに止めるところだが。

阮陽と付かず離れずの距離を保ちながら、それぞれが別々の木々を確認する。その中で春霞は程よく美しい花を咲かせた杏のひと枝を見つけた。満開の花も幾つかあるが、いまにもはちきれそうに膨らんだ蕾を複数つけている。

（あれが、いいかも）

すべて満開の花はいまでこそきれいだが、すぐに散ってしまう。しかしあれだけ蕾があるのなら、部屋に生けてからも変化を楽しめるにちがいない。そう考えた春霞は目当ての枝に腕を伸ばしたが、あと一歩で届かなかった。つま先立ってみると辛うじて枝に触れることができたが、つかんで折るには足りない。

「もう少し」

ゆらゆらと揺れる自分の指先を見ながら、なんとか枝をつかもうとしたときだった。背後から伸びてきた手が、ぽきりと音をたてて枝を折った。春霞が後ろをむくと、そこには杏の枝を持った阮陽が立っていた。

「声をかければいいのに」

目が合うなり阮陽は言うが、春霞はすぐに反論した。

「大夫の方に、花を折ってくれなど頼めません」

「いや、しかし手伝ってくれと言ったのは私だぞ」

確かに経緯からすれば、頼むぐらいは非礼ではなかったのかもしれない。手ごろな枝を見つけた段階で、阮陽に「あの枝はどうですか」と尋ねれば自然だった気がする。

しかしできることは自分ですべきだと考えているので、できないではなく楽だからという理由で他人の手を借りるのはちがうと思う。

「自分でできると思ったものですから」

きっぱりと春霞は答えたが、負けじと阮陽は反論してくる。

「もう少し頑張ればできたかもしれないが、私に頼んだほうが合理的じゃないか」

理詰めで言われればその通りである。自分が背伸びをして枝を折るより、背の高い阮陽に頼んだほうが簡単かつきれいに折れたはずだ。実際彼が手にしている杏の枝は、剪定の道具で落としたようにきれいに折れている。

ついに春霞は観念した。

「そうですね。非合理的でした」

まるで負けを認めたように言うと、阮陽は眉間に浅くしわを刻んだ。

なにか怒らせたのかと臆しかけていると、きりっと引き締まった口許がぴくぴくと歪みはじめる。そして次の瞬間、阮陽は腹をかかえて笑い出した。

春霞はあぜんとして、笑い転げる阮陽を見つめた。

(な、なにごと!?)

しばらく笑いつづけたあと、ようやく阮陽は落ちつきを取り戻した。それでもまだ完全には収まらないのか、肩を震わせながら言う。

「そなたは本当に面白いな」

春霞は意味が分からず、怪訝な眼差しをむける。すると阮陽はからかうような、少し意地の悪い口調で言った。

「言動が理論的で即物的で非常に面白い。ゆえに詩人にはなれぬな」

「え、私は医官ですが」

素直に訂正すると、今度こそ阮陽は大爆笑をした。

いっぽう春霞はなにを笑われているのかが分からず、ひたすら首を傾げつづける。

(なんなの、この人。怒るならまだ分かるけど……)

それでも馬鹿にされていると感じないのは、阮陽が本当に楽しそうに笑っているからだ。十七年になろうという人生の中で、自分と一緒にいてここまで楽しそうな顔をしている人にはじめて会った気がする。

(え、楽しい?)

この人は、自分と過ごすことを楽しいと思ってくれている。そう考えただけで阮陽に対する警戒心が完全になくなり、凪いだ海のように安らかな気持ちになる。

この人といると安心できる。

自覚のない感情の変化に、知らぬ間に阮陽を見る春霞の表情は穏やかなものになっていた。

とつぜん、それまで笑いつづけていた阮陽が静かになった。

「犀大夫？」

「ちょっといいか」

きょとんとする春霞にむかって、少し顔を近づけて阮陽は言う。

「はい？」

了解とも疑問ともつかぬ返答を春霞がすると、阮陽は同じ杏の木から小枝を折り取った。手のひらほどの長さの枝には、薄紅（うすべに）の丸い花が三つ開いている。

なにをするのかと思っていると、阮陽はすっと手を近づけてきて春霞の髷（まげ）の根元にその枝を差しこんだ。とつぜんのことになにを言ってよいのか分からずにいる春霞を見つめ、しみじみと阮陽は言った。

「杏林（きょうりん）殿は、実よりも花のほうがよく似合うぞ」

「……………」

この期に及んでふたたび杏林と呼ばれたが、悪意があったわけではなく杏の花と杏林の言葉をかけあわせたつもりだったのだろう。しかしそんなことは、もはや春霞にはどうでも良いことだった。花が似合うなどと、これまで一度も言われたことのない言葉にどう返すべきなのかひたすら混乱してしまった。

しかし春霞が返事をする前に、阮陽はふたたび手を近づけてくる。

反射的に春霞は身を硬くするが、すぐに阮陽の手は離れた。そしてその指には杏の小枝が挟まれていた。

「陛下のものだからな。そなたの髪に挿しているところを見られたらまずい」

悪戯っぽくささやくと、阮陽は小枝を手にしていた杏の枝と束ねた。

可能性で言えばよほどの暴君でもないかぎり、杏の小枝ひとつを挿したからといって目くじらをたてる皇帝はいないだろうが、それでも不注意にはちがいない。

「じゃあ、どうして挿したのですか」

花が外された髷のあたりを押さえながら、戸惑いがちに春霞は問うた。別に花を飾っていたいと思ったわけではない。ただ結果的には外さなければならないと分かっているのに、なぜわざわざあんなことをしたのかが解せなかった。

阮陽は枝を揺らしながら、考えを整理するように間を置いた。

「似合うだろうと思ったら、自然と……」

自身でもよく分からぬのか、少し首を傾げている。春霞はますます戸惑ってしまい、髷を押さえたままうつむいてしまう。

「すまぬ。気を悪くしたか?」

思いがけない言葉に、春霞は後ろから棒でつかれたように顔をあげる。

「そ、そんなことはありません!」

悲鳴にも近い声で否定をすると、勢いに押されたのか阮陽は呆気にとられたようになった。

だがすぐに彼は穏やかな笑みを浮かべた。

「そうか、よかった」

釣られたように春霞も微笑(ほほえ)みを返し、同時に胸をなでおろした。

嘘ではない。気など悪くするはずがない。動揺(どうよう)はしたが嫌ではなかったのだから。冷静であることがよいと日頃から思っていたが、心を乱されてもその状態が心地よいと感じることがあるのだとはじめて知った。

阮陽が自分に対して好意を抱いていることが伝わるから、春霞も安心して心を開ける。もちろん医官の同期にも親しい友人は幾人かいる。しかし同世代の男性に対してこのような気持ちになったのははじめてだった。

「では、そろそろ行こうか」

阮陽は杏の枝でその方向を指して、正房(せいぼう)に戻ることを促した。はずみでふわりと杏の甘い香りが鼻をかすめ、春霞は少し酔ったような心地になった。

正房の近くまで行くと、出入り口のところでむかいあって立つ犀徳妃と皇帝の姿が見えた。

柱間の距離を隔てたところで、春霞と阮陽は申しあわせたように同時に足を止めた。大きく開かれた扉を横に、二人はむきあってなにか話している。二人の周りを数名の宮女と、皇帝付きと思しき侍臣が従っている。おおかた見送りに出たというところだろう。

（犀徳妃様、お元気そう）

春霞が訪れたとき、犀徳妃はたいてい寝椅子に横たわっていた。皮膚を病んだからといって歩けないことはないが、睡眠不足も原因で体力的にはかなり落ちている。起きあがる気力もないといったところだ。もちろんほどよく動いてもらったほうが身体には良いのだが、現在の辛い状態で無理強いはできなかった。

だからこそ彼女がここまで出てきている姿を見られて安心した。

紫に金銀の牡丹を織り出した綾錦は、今朝春霞が訪ねたときに着ていたものとはちがっていた。皇帝の訪問を受けて装いを凝らしたのだろう。身体に負担になりはしないかという懸念もあるが、いまはその気力の充実のほうを喜ぶべきだ。

対して皇帝の装いは、貴石の瑠璃を思わせる目の覚めるような鮮やかな青の袍。

天子にしか許されない瑠璃青と呼ばれる色だ。この色の袍を着ているというのなら、皇城での儀式が終了したあとに足を伸ばしたのだろう。

なんと神々しい姿かと、春霞は珍しく人間の外観に感嘆のため息をついた。

「本当に陛下にご足労いただくなど、勿体なくて……」

などと言いながらも、聞こえてくる犀徳妃の声音は弾んでいる。皇帝が見舞いのために頻繁に足を運んでくれているのだから、妃として身に余る光栄にちがいなかった。

「本当に自分が情けのうございます。一日も早く回復して妃として務めを果たすように努力いたします」

「余計な気を遣わずともよい。そなたは自分の療養だけに努めよ」

なだめるような皇帝の言葉に、春霞は感銘を受けた。

とことんまで病人の立場を思いやる発言は、人としての尊敬はもちろんだが、医師としても見習うべき存在だった。

（天子様って、やっぱりこうあるべきなのかしら……）

しみじみと春霞は思った。

すべてにおいて慈悲深く、かつ相手の立場を考えた発言をする。莉国史上随一の賢帝と噂されるのは、このような人柄にも起因しているにちがいない。

「それにそうしなければ、私が珠里にどやされる」

苦笑混じりの皇帝の言葉に、春霞は耳を疑った。

どやされるというのは誇張だろうが、いったい珠里は日頃どんな態度で皇帝に接しているのだろうと真剣に疑問に思った。

犀徳妃は虚をつかれたように、一瞬黙りこんだ。

だがすぐに冗談だと悟ったようで、身をよじらせて笑い出した。

「范太医長は陛下には厳しいのですね。私にはとても優しくしてくれましたよ」

「なに？　まったくけしからんな、あいつは。侍医のくせに皇帝より妃のほうを優遇するとは」

若干不服そうに皇帝は答えた。発言だけ聞くと、どれだけ珠里が皇帝をぞんざいに扱っているのかという気がする。同じことを思ったのか、ぼそりと阮陽がつぶやく。

「范太医長は、いったい陛下にどのように接しているんだ？」

「十八年来のお付きあいですから」

真面目に応じるべきなのか疑問はあったが、弁明するように春霞は答えた。

阮陽はなるほどと納得したように相槌を打つが、春霞は少しばかりもやもやしてきた。

そうなのだ。皇帝は他のどの妃とよりも、珠里との付きあいは長い。

しかも珠里は、皇太后からも長公主からも信頼を得ている。女児とはいえ子供ももうけている。仮に珠里が女医ではなく妃の道を選んでいたら、多くの子に恵まれて男児を産んだ可能性は高い。そうなれば彼女はまちがいなく皇后になっていたはずだ。それほど皇帝の珠里に対する想いは深い。

はじめてこの銀杏離宮で皇帝と会ったとき、彼は春霞に対して「さすが珠里の教え子」と称賛した。しかしあの言葉の奥にあったものは珠里への思慕だと春霞は感じた。だからあの言葉を聞いた犀徳妃がどう感じているのだろうと疑問に思ったのだ。

あくまでも珠里は妃ではない。彼女が産んだ琳杏は娘で皇帝の嗣子にはならない。年齢も三十代半ばで、他のどの妃嬪より年長だ。

つまり一般常識で考えれば、珠里は妃嬪達にとって取るに足らない存在ではあるのだ。

珠里が自分の立場をどう考えているのかは不明だが、少なくとも彼女は皇帝と恋愛関係にあることをひけらかすとか、笠にきた行動を取ったことはない。

そんな彼女の存在を、犀徳妃をはじめとした他の妃達はどう思っているのだろう。

春霞ははじめて疑問に思い、あらためて皇帝と犀徳妃のようすをうかがう。しかし犀徳妃は特に気分を害したふうもなく、ころころと笑いつづけている。

春霞はほっとした。

他の妃達は分からないが、犀徳妃は珠里に対して悪意は持っていなさそうだ。それは彼女の珠里に対する言動からもうかがえた。もちろん珠里の自制した行動も理由だろうが、なにより犀徳妃の人柄に起因しているところが大きい気がした。

次の予定があるのか、侍臣の一人が皇帝になにやらささやきかけた。皇帝は軽くうなずき、あらためて犀徳妃のほうにむきなおった。

「では、また近々来る」

「また、おいでいただけるのですか？」

犀徳妃はいっそう声を弾ませた。ここからは見えないが、口調から察するに顔を輝かせているにちがいない。対して皇帝は穏やかに返す。

「約束しよう。だからそれまで、しっかりと療養に励めよ」

励ましでも快癒するようとはけして口にしない皇帝の思慮深さに春霞は感動した。前の発言から鑑みて珠里の助言もあるのかもしれないが、やはり驚嘆に値する。皇帝が口にした言葉は、たとえ本人が軽口のつもりでも臣下にとって厳命に近い重みを持つと理解したうえでの発言なのだろう。

やがて皇帝は侍臣を引き連れて、春霞達がいるのとは逆方向の回廊を歩いていった。間合いを見計らって、阮陽とともに犀徳妃のもとに近づいていった春霞だが、途中でぴたりと足を止める。

もはや後ろ姿すら見えなくなった皇帝が行った方向を、犀徳妃がじっと見つめていた。両手を胸の前で組み、夢から覚めやらぬような恍惚とした表情を浮かべている。

声をかけることは憚られ、春霞はその場で立ち尽くした。

犀徳妃の皇帝に対する思慕が、肌に触れるようにびりびりと伝わってくる。

——犀徳妃様は、いまでも陛下に恋をなさっているんだ。

物語や劇中ではない場所で、恋という言葉を使ったのははじめてだった。だというのにその言葉は自分でも気づかないほどあっさりと、まるで零れ落ちるように春霞の心から出てきた。

「向少士？」

阮陽が訝しげに春霞に声をかけた。どうやら彼は姉のふるまいに特に感慨は覚えていないようだった。

「まあ、阮陽」

声が聞こえたのだろう。春霞が返事をするより先に、犀徳妃が呼びかけた。その声音は上機嫌で歓喜の余韻を残している。

「姉上」

朗らかな声をあげ、阮陽は手を振ってみせた。犀徳妃は微笑みを浮かべ、隣で一礼した春霞にも同じ表情を返した。

「ごめんなさい。待たせたわね」

きれいに化粧をした顔は、近寄るとやはり肌荒れが目立つ。表情が明るいのが救いだが、四日目の現在ではいまのところ症状に変化はない。まだ時間が足らないと思いはするが、焦りもあって春霞は薬缶の取っ手を握りしめた。

「本日分のお薬をお持ちいたしました。お時間もちょうどよいので、これからお部屋に戻って服用いただけますか」

犀徳妃は一瞬なんのことかという顔をしたが、すぐに合点がいったらしく了承した。

居間に入ってから、春霞は煎じ薬を温めるために薬缶を茶炉にかけた。沸かしたばかりのものを持ち歩くのは危ないので最初から少し冷ましていたのだが、庭園で時間をつぶすなどをしていたのですっかり冷たくなってしまっていた。

春霞が準備をしている間、阮陽と犀徳妃は世間話をしていた。

「そうですか。昨日父上はおいでになられたのですね」

「少しお痩せになったようだけど、大丈夫かしら？」

「近頃太り気味だったので、医者に言われて夜食を控えめにしただけですよ。健康的な痩せ方ですからご心配なく」

「それならばよかったわ。お父様にはお母様のぶんまで、ぜひとも長生きしていただかなくてはね」

そう犀徳妃が語ったときの阮陽に、春霞は目をとめた。

それはほんの一瞬のことだった。

いつもは初夏の日差しのように眩い光を宿した阮陽の目に、これまで見たことがないような深い闇が見えた。

（え？）

春霞は一度目をこすった。本気で見まちがいかと思ったのだ。

そしてふたたび注視したときには、阮陽の瞳はもとの輝きを取り戻していた。それはほんの一瞬のことで、現に目の前の犀徳妃はなにも気づかず朗らかに話を続けている。だから普通であれば、春霞も自分の思い過ごしで済ませてしまうところだった。

しかしそうはできない要因が春霞にはあった。

――母上は、私達が幼い時分に亡くなっている。

銀杏離宮で再会した日、両親について語った阮陽の歯切れ悪い口調を思いだしたからだ。存命の父親については普通に語っていたが、故人である母について彼には珍しく言葉を濁していた。

あのときもいまも、母親に関する話題だった。

(犀大夫……？)

春霞が気を取られていると、控えていた宮女が声をかけた。

「向少士。沸騰していますが」

「え!?」

ぎょっとして薬缶を見ると、かたかたと蓋が揺れているではないか。飲みやすい程度に温めなおす予定が、吹き零れる寸前まで火にかけてしまったのだ。

急いで茶炉から薬缶を下ろす。沸騰しはじめだったので煮詰まってはいないが、さすがに少し冷ましてからではないと犀徳妃に渡せない。

「どうした、向少士。そなたにしては珍しいな」

むしろ微笑ましいというように阮陽が言い、寝椅子の上で犀徳妃も笑っている。春霞はぺこりと頭を下げた。

「すみません。すぐに冷めると思いますから、もう少しだけお待ちください」

「かまわなくてよ。そんなに気にしないで」

犀徳妃は至って上機嫌だった。彼女の人柄はもちろんだが、皇帝の訪問ですこぶる機嫌は麗しいようである。

そのとき扉が開き、別の宮女が入ってきた。

「向少士。ちょっと見ていただきたいものが………」

「私に？」

自らを指差して春霞が問うと、宮女は首肯する。

「順賢妃様から徳妃様にお見舞いの菓子が届いたのですが、お召し上がりになられる前に医官の方に相談したほうが良いかと」

順賢妃の名に鼓動が大きく鳴った。ちらりと見ると、阮陽も表情を強張らせている。

だというのに当人である犀徳妃はぱあっと顔を輝かせた。

「まあ、順賢妃様からそのようなご厚情をいただけるだなんて。宮城ではさして交流はなかったけれど、ありがたいことだわ」

善意の塊のような発言に感心するいっぽうで、さすがに春霞は少しばかり呆れた。

交流がなかったと言っているから本当に知らないのだろうが、順賢妃の激しい気性に春霞は直面している。加えて彼女が馬中士をまきこんで、ただならぬことを企んでいたらしいことも知っているので温度差に戸惑う。なにか悪いものが入っていやしないかなどと、この人は少しも考えないのだろうか？

（ていうか、そもそもお菓子はあまり食べないほうがいいんだけど）

助言を求めるよう阮陽のほうをちらりと見ると、彼は了解したというように目配せをする。

「私も見てみましょう。場合によっては犀家からお礼の品を返さなければなりませんから」

もっともらしいことを言って立ち上がった阮陽と連れ立ち、春霞は居間を出た。

回廊には見かけない顔の宦官が、梅の花型の食籠を手に立っていた。宮女は基本的に宮城を出られないから、順賢妃の遣いは必然宦官になる。

「これは、犀大夫」

顔見知りなのか、宦官はやや緊張した面持ちで阮陽の名を呼んだ。

「ご苦労だった。見舞いの品は私が姉上にお届けするから、順賢妃様によく礼を言っておいてくれ」

言葉だけは穏やかだが有無を言わせぬ物言いに、宦官は畏まった所作で阮陽に食籠を手渡した。宦官が立ち去ってから、阮陽は食籠の蓋を開いた。春霞が身を乗り出すようにしてのぞきこむと、表面に紋様のような美しい細工を刻んだ、餡入りの菓子が整然と詰められていた。

「どうする、一応毒見をするか？」

わりと物騒な発言を平然と阮陽は言った。

春霞はしかめ面のまま、食籠に鼻を近づけて匂いを嗅いだ。菓子の甘い香りのみで、異臭はしない。

「大丈夫だと思いますが、それ以前に犀徳妃様の病状にはこのような脂分の多い菓子は控えていただいたほうがよいのですが……」

「じゃあ、別にかまわないな」

言うなり阮陽は菓子をひとつ手に取ってかぶりついた。

とっさになにが起きたのか理解できなかった春霞だったが、すぐに悲鳴をあげる。

「な、なんてことをするんですか！」

「毒見だ。ああ心配するな。姉上は菓子ひとつで怒るような方ではないぞ」

口をもごもごとさせながら阮陽は答えるが、問題はそこではない。

「そうじゃなくて、なにか入っていたらどうするんですか。早く出してください」

「いや、もうほとんど嚥下したが……」

春霞は青ざめた。もし毒でも入っていたら大変なことになるではないか。

もし阮陽の身になにかあったら――。

「吐いてください！」

毅然として春霞は叫んだ。とつぜんのことに阮陽はぎょっとして春霞を見下ろす。この段階で彼の状態に変化は見られなかった。

「は、吐け？」

「指を突っ込めばできます。ご自分でできないのなら私がやります。私、これでもけっこう指が長いので、犀大夫のような長身の方の喉にでも遠慮なく突っ込んでみせますから！」

いまにもつかみかからんばかりの春霞に、阮陽は若干青ざめつつ手を横に振ってみせた。

「待て、待て。そんな乱暴な……」

「生命がかかっているかもしれないのに、そんな悠長なことを言っている場合ですか！」

「落ちつけ、そなたらしくもない。そもそもそんな分かりやすいことをすれば、かえって順賢妃のほうが危ないだろう」

「!?」

指摘されればその通りであるが、毒殺などあまり身近にない出来事なのでそこまで頭が回らなかった。毒性のあるものを口にした場合の応急処置しか思いつかなかった。

「でも、少しずつ毒を盛るとか……」

「その計画は、連日順賢妃の差し入れを食べるという前提がなければ成り立たない。いま姉上の食事は我が家の料理人が管理しているから、そんなことは起こりえない。だからこの菓子でできる嫌がらせといえば、餡の中に石か塩を入れるぐらいだな」

などと言っているうちに阮陽は菓子を丸々ぺろりと食べ終わった。

「大丈夫みたいだ。さすが賢妃様の菓子だけあってうまかった」

朗(ほが)らかに語る阮陽に、春霞は脱力すると同時にその場にへたり込んでしまった。

毒ではなかった。阮陽の身になにも起こらなかったことにほっとして、力が抜けてしまっていた。

「……向少士(しょうし)?」

「よかったです」

がっくりと項垂(うなだ)れながらも、心から安堵(あんど)の言葉を春霞は吐露した。反動なのか涙までにじんできた。

「本当によかったです」

春霞が言葉を繰り返したとき、そっと肩に手をおかれた。顔をあげると、目の前で阮陽がしゃがみこんでいた。彼は視線を落とし、春霞の顔をのぞきこんでいた。吐息が聞こえるような至近距離でしばし見つめあう。

とっさになにが起きたのか分からず、春霞の思考は真っ白になった。

驚いたように春霞を見つめていた阮陽の瞳が、すっと和(なご)む。

「すまなかったな、心配をかけて」

「…………」

阮陽の瞳のみならず、その表情にまで春霞は見入った。

穏やかな表情には一点の濁りもなく、無防備なまでに彼の瞳は澄んでいた。

幼子が母親にむけるような、露ほども相手を疑わない阮陽の心が伝わってくる。

「い、いえ。私が一人で思い違いをして……」

冷静に考えれば阮陽が言うように、毒が盛られている可能性などほとんどなかったのになにをあわててしまったのだろう。気恥ずかしくて口ごもると、阮陽は静かに首を横に振った。

「最悪の事態を考えたからだろう。最悪が起きてからでは遅い。先ほどはそなたらしくないと言ってしまったが、やはりそなたらしい行動だった」

これまで何度か耳にした阮陽の〝そなたらしい〟という言葉が、今回にかぎって不思議なほど胸に沁みた。医官としてそうありたい、そうあるべきだと考えて努力してきた部分を阮陽は褒めてくれているのだ。

医官としての長所は、世間一般では婦人の美点ではない。そもそも女子医官という立場が婦道と相反するものなのだからとうぜんのことだ。だから春霞は、自分は世間から認められることなどないのだと思っていた。

だけどこの人は、これまで春霞が知っていた男性とはちがう。

薄々と感じていたそのことを、あらためて知らされた気がした。

とつぜん、すっと目の前に手を差し伸べられる。きょとんとして見ると、阮陽はちょっと困ったような笑みを浮かべた。

どうしたのかと思っていると、おもむろに阮陽は春霞の手首を引いた。反射的に立ち上がった春霞は、彼がなにをしようとしていたのかをようやく理解した。

「……あ、ありがとうございます」

「行こう。姉上も待っておられるだろう」

そう言って阮陽は左手だけを離し、右手は握ったままで歩きはじめた。それがあまりにも自然で春霞はついつい引かれるようにして足を進めた。

居間までの距離はごく短いもので、扉の前で自然と手は離れた。ほっとしたような、少し物足りないような不思議な気持ちのまま扉を開く。

「お帰りなさいませ」

宮女の声に迎えられ居間に入った春霞が目にしたものは、寝椅子に座って湯呑(ゆのみ)を口にしている犀徳妃だった。

「徳妃様、それは……」

「ええ、ちょうどよい飲み頃になったからいただいたわ」

そう答えて犀徳妃は口許(くちもと)から湯呑を外し、空(から)になったことを証明するようにひっくり返してみせた。

「すみません、遅くなって」

恐縮して春霞は詫(わ)びるが、犀徳妃は気にしないように朗らかに言った。

「向少士、残量をご確認ください」

宮女が薬缶を持って近づいてきたので、春霞は中に目をむける。目視だが煎(せん)じ薬は三分の一ほど減っていたので服用量はまちがっていないようだ。

「けっこうです。残りを半分に分けて、寝る前と起床時に服用するようにお願いします」

宮女に告げるように装(よそお)いながら、その実は犀徳妃への念押しだった。ひとまず全員を疑ってかかることにしているから、宮女達が薬をきちんと提供しているのかを犀徳妃にはその目で監視してもらわなければならないからだ。

しかし犀徳妃はそれにかんしては特になにも言わず、当初の要件のみについて尋ねた。

「それで順賢妃様のお見舞いは？」

「あ、はい。見事な菓子詰めでしたが、現在のご病状を考えますとお召し上がりいただくことはあまりおすすめできません」

春霞は正直に答えた。薬に対しての犀徳妃の反応に拍子抜けはしたが、宮女を前にあまり自分が主導権を握った言葉も言えないだろうと思い直した。

「残念だけどそれではしかたがないわね。順賢妃様には申し訳ないけど……阮陽。お菓子はあなたが持って帰ってちょうだい」

「姉上。せっかくのお心遣いですが、私は今宵また官署に戻らねばなりません。宮女達に分けてやってください」

苦笑混じりに阮陽が返すと、周りの宮女達の目が期待に満ちたものになる。

犀徳妃がそれを了承し、阮陽は食籠を宮女に手渡した。春霞とさほど変わらぬ年齢の宮女が目を輝かせた。

「あ、すみません。ちなみに私はひとつ先にいただきました」

悪戯を告白するような阮陽の物言いに、犀徳妃は声をあげて笑った。

「二つぐらい食べてもいいのに。ああ、向少士もひとつお持ち帰りなさいな」

春霞は顎の下で両手を揺らして辞退する。宮女達の取り分が少なくなることもだが、毒が入っていることを疑った手前、たとえ相手が順賢妃でもご馳走になるのは決まりが悪かった。

「いえ、私はお腹がいっぱいなので。皆さんで召し上がってください」

宮女達に目をむけて言うと、彼女達はわりと露骨に安心した顔をした。若い女性達だし、甘味は貴重だからそれもとうぜんだろう。

「そうなの。じゃあ、次の機会にでもなにかおいしいものを用意しておくわ」

善意の塊のような犀徳妃の発言に、春霞は心から恐縮した。

もう何度も思ったことだが、この人に周りの宮女はもちろん、後宮の他の妃を疑えというのは酷なのかもしれない。それどころか、そう言ったことで春霞のほうが罪悪感を覚えてしまいそうだ。

（皇帝陛下も、この人柄を慈しんでおられるのだろうなあ……）

頻繁に犀徳妃の見舞いに足を運ぶ皇帝に、春霞はそのように考えずにはいられなかった。

「では私はこれで失礼致します。また夕食時に確認に参ります」

なんとか早く治っていただきたい。

決意を新たにし、春霞は犀徳妃の居間をあとにした。


春霞の願いも虚しく、数日経っても犀徳妃の病状は変わらなかった。

治療の効果判定は時期の判断が難しく、春霞は毎日馬中士に状態を報告していた。それを彼女の判断で珠里に報告することになっていた。とうぜん薬の変更から最初の数日はようす見をしていたようだが、十日以上が過ぎても珠里が銀杏離宮に来ることはなかった。

いよいよ痺れを切らした春霞は、牡丹宮にある宮医室の中で馬中士に懇願した。

「范太医長に一度診ていただきたいのですが……」

本来であれば馬中士に診察をしてもらってもよいのだが、事実上担当を降ろされたという経緯を考えれば難しいだろう。馬中士の気持ちももちろん、犀徳妃が納得しないかもしれない。

「こちらが、昨日の段階での問診内容です」

基本の問診内容に対する犀徳妃の答えを、春霞は紙に記してきた。

書面を一瞥したあと、馬中士は眉を寄せてしばし思案していた。

「薬はきちんと服用なされているのよね」

「は、はい。日に三度お伺いしておりますが、残量も正確です」

菓子の件以降、薬を持っていったときに昼の分を服用してもらうことにしていた。日に四度も訪ねられては犀徳妃の休養に差し障りが出るだろうし、せめて一日一度は服用しているところをこの目で確認したかったからだ。そのことを訴えると犀徳妃は釈然としないようではあったが最後には了解してくれた。ちなみに犀徳妃の釈然としない反応の理由を、阮陽はおそらく日に四度来られることを煩わしいとは思っていなかったのだろうと答えた。

「あなたはどう思った?」

漠然とした馬中士の問いに、春霞は彼女の意図が把握できなかった。

「はい?」

「あなたは、太医長の診立てをどう思ったの?」

さらりと訊かれたが、およそ新人医官にするとは思えぬ恐れ多い問いである。

「と、とんでもないです。私のような若輩者が太医長の診立てに対して意見をするなど……」

「太医長だったら、遠慮なく意見を言うようにおっしゃるわよ」

ぴしりと言われて春霞は黙りこむ。確かに日頃の珠里の言動はそのようだったと認識している。立場の違いがあるのでそうそう顔をあわせるわけではないが、常日頃から医学にかんしては上官でも遠慮せず意見を述べるようにとの発言はあった。

(て、言われてもなあ……)

さすがに逡巡したが、同期ならともかく馬中士は適当な言葉でごまかせる相手ではない。

それに考えてみれば、春霞の診立ては珠里と馬中士のものとほとんど同じなのだから、遠慮する必要もないかと思えた。

「私も太医長と同じ診立てをいたしました」

けっこうあっさりと答えたあと、あらためて春霞は言った。

「ですが実際問題として改善しないので……あるいは銀杏離宮に移られてから証（しょう）が変わったということもありえます。それは私のような若輩者には分かりません」

珠里と馬中士の顔を立てるため、春霞は言葉を選んだ。

証とは診察より得た患者の情報から出す診断結果のことである。この証に応じて治療方針が決定されるので、証の判断がまちがっていれば治療はまったく功を奏さない。

犀徳妃が銀杏離宮に移ってから、珠里は彼女のもとを訪ねていない。

「確かに、環境が変われば証が変わることはありうるわね」

馬中士の言葉に春霞は胸をなでおろした。

「分かったわ。范太医長に報告しておきます。こちらの問診票も渡しておくわ。近々のうちに報告があるでしょう」

馬中士の立場としてはそうとしか答えようがないのだろうが、素っ気ない口調に春霞は少し不満を覚えた。しかし自分の立場では文句も言えないし、そもそも珠里が診察をするかどうかなど馬中士が判断できるものではない。

「よろしくお願いします」

一礼して立ち去ろうとした春霞を、馬中士が呼び止めた。

「ところで犀徳妃様はなにか言っていなかった？」

「え？」

とっさに意味が分からず、春霞は首を傾げる。

「病状が回復しないことについて。なにか不満をおっしゃっていなかった？」

「あ……」

一瞬口ごもったあと、春霞は答えた。

「不満というのか、陛下に申し訳がないの一点張りで……」

「陛下は頻繁に銀杏離宮をご訪問なされているそうね」

ここにきて春霞の中に、馬中士への疑念が芽生えた。彼女は先ほどからずっと奥歯に物が挟まったような物言いをしている。それほど交流があったわけではないが、このような言い方をする人ではなかったはずだ。

「はい。ですからそのご足労に対する恐縮もあるのだと思います」

用心深く答えた春霞に、馬中士はふっと息を吐いて肩を落とした。

「馬中士？」

「范太医長に対する不満を、なにかおっしゃっていなかった？」

春霞はぎょっとする。ひょっとして馬中士は、春霞からなんらかの言葉を導き出したかったのではないか？　だがそれが叶わず、結局自分から口を開いた。

期待に応えられなかったのかと思うと、自然と歯切れが悪くなる。

「いえ、犀徳妃様はなにも……」

「後宮では太医長の腕を疑問視する声が上がっているわ。まあ、本気で犀徳妃様によくなってほしいと思っている人間は、後宮にはほとんどいないでしょうけど」

さらりと毒のある言葉を吐いたあと、馬中士はふたたび問うた。

「犀徳妃様の周りの宮女達は、なにか言ってこない？」

「いえ、これといってなにも……」

そう問われてみれば、宮女達の反応も不自然ではある。犀徳妃は人柄からなんとなく分かるが、宮女のうち誰か一人ぐらい主人の病態が改善しないことに不満を漏らしてもよさそうなものだ。

「それも、犀徳妃様のご教育かもしれないわね」

まるで春霞の疑問に答えるよう、馬中士は言った。

「私のときもそうだったから」

やけに冷ややかに告げられた馬中士の言葉に、春霞はどきりとした。

馬中士の治療が功を奏さない間、犀徳妃はなんの不満も口にしなかった。それなのにとつぜん担当を降ろされたという不満を呑み込んだのだろうか。

だからといって、馬中士がそのことを全く予想していなかったということは考えにくい。

苦情が出ずとも病態は把握しているはずだから、難治性の患者を担当している医師であればその覚悟は少なからずあるはずだ。もちろん馬中士が苦慮して色々な治療法を模索していたことは想像に難くない。

それから事務的なやりとりを少し交わして春霞は宮医室を辞したが、馬中士の発言の意図は最後まで分からないままだった。

昼下がりに薬を持参したさい、春霞は犀徳妃の状態を確認するようにしている。

銀杏離宮に入ってから、症状は極端な悪化はしていないが良くもなっていない。つまり治療が効果をあげていないということだ。

「実は太医長に、もう一度診ていただくようにお願いしたのです」

宮女の手をかりて衣装を直していた犀徳妃に春霞は言った。

絹の衫(さん)を肩に羽織(はお)った犀徳妃は、ほっそりとした首をもたげて春霞を見上げた。

「まあ、范太医長が」

その表情の輝きに、正直胸が痛んだ。

治療法を変えると言っておきながら、その実ほとんど処方が変わっていないことを春霞は知っている。それは環境が変わったことによる変化に期待してのことだが、犀徳妃を騙(だま)

していたような罪悪感は否めなかった。

「はい。残念ながら回復が芳しくありません。治療方針を再検討することが必要かと思われますが、私が判断するわけにはまいりませんので」

などと神妙に答えながら、春霞はいつものように自分の中で治療方針を検討していた。

もちろん採用されることはないが、これも勉強のうちだ。

そうやって検討するにつけ、なぜ珠里の出した処方がここまで功を奏さないのか本当に疑問なのだ。それをたどれば馬中士の処方も同じ疑問が残るのだが。

（清熱と涼血という考え方はまちがっていないと思うのだけど……）

ならば君薬を連翹ではなく、地骨皮か生地黄に変更してみるのもありかもしれない。

あるいは春霞には分からない複雑な証という可能性は大いにある。いずれにしろ珠里が来てくれなければ病状は変わりそうもない。

「確かに病状は変わっていないかもしれないけれど……」

犀徳妃の言葉に、春霞は物思いから立ち返った。

あらためて見ると、犀徳妃は実に穏やかな笑みを浮かべている。

「この銀杏離宮に来てから、本当に気分が良いのよ。それももしかしたら范太医長の処方のおかげかもしれないわ。私は根気よく治していこうと思っているからよろしくお願いね」

春霞はしばしぽかんとして犀徳妃を見つめていた。やがて感動のあまり、日の奥がじわりと熱くなってきた。

「こちらこそ。なにか不都合やご不満がございましたら、遠慮なくお申し付けください」

感極まってそれしか言えなかった。

なぜこれほど優れた方が、このような目にあわなければならないのだろう。

病が天罰であるかのような考え方は、医師としてけしてしてはならない。それを承知のうえで、春霞は真剣に世の不条理を恨んだ。

そのとき外から入ってきた宮女が珠里の訪問を告げた。

「ご都合が悪いようであれば、また出直すとのことですが」

「そんなことないわ。ぜひ通して」

「でしたらご衣装はこのままで……」

春霞は犀徳妃の傍らに立つ宮女に言った。途中で話をはじめてしまったため、犀徳妃はまだ着替えの最中だった。

ほどなくして紫色の官服を着た珠里が入ってきた。

出入り口の前で拱手をした彼女に、犀徳妃は微笑みを浮かべて手招きをする。

(馬中士、すぐに伝えてくださったんだ……)

でなければ半日もしないうちの訪問はないだろう。ひそかに不審を抱いていただけに申し訳なさに身が竦んだ。

「とつぜんお訪ねして申し訳ありません。向少士から状態の報告を受けて参りました」

「ちょうどいま、その話題になったところだったわ」

犀徳妃は、春霞と珠里の顔を交互に見た。

珠里は宮女に言って犀徳妃の上着を脱がせると、背中を中心に観察し「確かに改善はしていないわね」と春霞に対するとも独り言とも取れる口調で言った。

そのあと珠里は犀徳妃の舌を診て、脈に触れ、最後に腹部の張り具合を確認した。

これらの状態を判断することは、患者の証を立てるのに大変重要な過程だった。

てきぱきと、見ようによっては多少機械的にも見える手際のよさで珠里は診察を終えた。

「ご苦労様でした。もう服を着ていただいて大丈夫です」

「お寒かったでしょう」

春霞と宮女が声を揃えて言った。春霞の診察とつづいたから、けっこう長い時間肌をさらしていたことになる。春というこの季節では肌寒かったことだろう。

「少しね。やはり藤の花が咲くぐらいの頃にならないと薄着にはなれないわね」

苦笑混じりに犀徳妃は答えた。

しかし夏になれば衣装の生地は薄くなり、どうしても病態が目立つようになってしまう。

（その頃までに、少しでも改善してくだされば……）

なかば祈るように春霞は思っていた。

あの意地の悪い順賢妃がぴんぴんとして、犀徳妃のような善人がこのような悪疾に苦しめられるとはまったく理不尽だ。

順賢妃からすれば言いがかりも甚だしいが、春霞はなかば本気で憤っていた。医師としての倫理観より人の情が勝ってしまっていることにはさすがに気づいていたが、そう思ってしまったことは事実だった。

火照っていた頭がすっと冷えた。良くない。自分はもっと冷静だったはずなのに——。

自戒の言葉が思い浮かんだとき、それまで黙っていた珠里が犀徳妃にむかって問いかけた。

「お辛いですか？」

春霞は目を見張った。

ある意味、愚問である。そんなこと、分かりきっている。

ただどこまでも朗らかな犀徳妃が、ひょっとして虚勢を張っているのだとしたら、その心を解放する必要はあった。

春霞は緊張して珠里と犀徳妃の双方を見比べた。

犀徳妃にむける珠里の目から、感情がうかがえなかった。それは神経を研ぎ澄まし、犀徳妃の本心を見抜こうとしているように春霞には思えた。

犀徳妃は黒瑪瑙（くろめのう）のような瞳を見開き、まじまじと珠里を見つめていた。

彼女もまた、珠里の思惑を探ろうとしているように見えた。

「辛いとまでは思っていないわ」

静かに犀徳妃は述べた。本音とは思えなかったが、周りを気遣っているのか、虚勢を張っているのか春霞には分からなかった。

しかしそこまで平淡であった犀徳妃は、ふっと表情を曇らせた。

「ただただ陛下に申し訳ないと……妃としての務めを果たすことができずにいるから」

気がかりはそれだけであるかのように、犀徳妃は切実さをにじませた。

彼女の皇帝に対する思いの深さに、春霞の胸は痛んだ。それまで病状に比して朗らかでありつづけた犀徳妃が見せた、はじめての悲痛な叫びだったからだ。

「お気持ちは分かりますが――」

どこまでも冷静に珠里は切りだす。

「そのように気に病まれることを陛下はお望みではないでしょう。どれほどお心を強く保とうとされても、人は病んでいるときにさまざまな不安に襲われて色々と良からぬことも考えてしまいます。口で言うほど易いことではありませんが、どうぞご自分の治癒（ちゆ）のことだけを考え、お身体（からだ）にも精神にも優しくしてお過ごしください」

それは日頃から、珠里が患者に対して口にしている言葉だった。立場上、彼女の診療を目の当たりにすることは少ないが、それでも講義や指導のさい心得としてそのような主旨のことをさいさん口にしていた。

犀徳妃はまるで叱られた子供のように口をつぐむ。

やがて治療のため紅を塗らずにいた唇をすりあわせるようにもごもごと動かし、ごく小さな声で彼女は漏らした。

「でも気がつくと、どうしても陛下のことばかり考えてしまうのよ」

「……………」

少女のような犀徳妃の発言にも珠里は表情を崩さなかった。しかしその眼にはあきらかに困惑した色が見て取れた。

たまらず春霞は声をあげた。

「それは犀徳妃様が、陛下のことを自分より大切に思われている証拠ですわ」

思いがけず大きな声になったことに、春霞は自分でも驚いてしまう。気がつくと珠里と犀徳妃が呆気にとられている。もちろん控えていた宮女達も同様だった。

しばしの沈黙のあと、犀徳妃が木漏れ日のように優しく微笑んだ。

「ありがとう。向少士」

「……………」

「あなたのことを弟の阮陽が絶賛していたけれど、私も同感よ。范太医長、彼女を私につけてくれて感謝しているわ」

犀徳妃の過大な評価に春霞は痛み入る。

いっぽうで珠里はまったく表情を変えなかった。

「いえ。役に立っているようなら幸いです。これから細心の注意を払って犀徳妃様のご病状を確認させるように致しますので、ときには煩わしいこともあると思いますが、どうぞよろしくお願いします」

淡々と告げると、傍らにいる春霞に目配せをして退出を促した。

犀徳妃に対して感謝の言葉も含め色々と言いたかったが、しかたなく珠里について居間をあとにした。

回廊に出たあと、珠里の求めに応じて春霞の部屋に入った。

扉をきっちり閉ざしたあと、珠里は気難しい表情で言った。

「どう思った？」

「え？」

茶の準備をしようとしていた春霞は、火打ち石を持ったまま動きを止める。

もちろん気の毒だ、励ましてさしあげたいという感想を求めているのではない。医師として春霞が、犀徳妃の病状をどう判断したのかという問いかけだ。

老成した光をたずさえた瞳に見据えられ、春霞はごくりと唾を飲む。

「なぜ、治らないのか分かりません」

　はっきりと春霞は言った。

「証が変わったのでしょうか？　ですが今日拝見させていただいたかぎり、私は范太医長と馬中士の立てた証以外のものは考えられませんでした」

「そうね。私もそれ以外の弁証はできなかったわ」

　ここぞとばかりに同意を求めてくるかと思いきや、驚くほど淡々と珠里は言った。むしろそんなこと分かりきっているという口ぶりだった。

「どうしたものかしらね」

　腕組みをしたまま、珠里はじっと天井を見上げた。

　こんな難題を突きつけられているというのに、傍目にはそれほど悩んでいるようには見えなかった。特にこの件にかんして珠里はどこまでも冷静で、ともすればそれは犀徳妃に対して冷たいように見えることすらあった。

　冷たい。

　春霞がずっと引っかかっていたのは、そこだった。

　冷たいというのは語弊があるかもしれないが、犀徳妃に対して珠里が最初から少し突き放しているような印象を春霞は持っていた。

「あの、君薬を地骨皮に変更してみてはいかがでしょうか」

遠慮がちに口にしたあと、太医長に進言をするという不遜に居たたまれなさを覚えた。

しかし珠里の反応は平淡で、ちらりと春霞を一瞥するとまた天井に目をやり思案をつづけている。たまらず春霞は、言い訳のつもりでさらにつづける。

「……このままでは犀徳妃様がお気の毒ですから」

心持ち恨みがましい口調になったことは否めなかった。

珠里がそれを自分に対するものだと受け止めたのかどうかは分からなかったが、ようやく彼女は腕組みを解いて春霞のほうをむきなおった。

「向少士は、犀徳妃様のことをどう考えているの？」

質問の意味が分からなかった。

どう考えているもなにも、病状についての見解は先ほど述べたばかりだ。

「それは申し上げた通りですが……」

「そうではなく、犀徳妃様自身にどのような印象を持っているの？」

聞いたかぎりでは治療となんの関係があるのかと思う問いだが、言動や精神状態がその人本来のものではなく病に起因していることは多々ある。五臓のうち肝に変調があると不安になりやすく、心の場合はイライラしやすくなるとされている。

しかし春霞が接したかぎり、あの病状にもかかわらず犀徳妃の精神は安定しているように思えた。

「お優しい方だと思います」

　正直に春霞は答えた。

「それといまでも陛下に恋をされている、本当に純真なお方なのだと……」

　恋という言葉を口にしたあと、ふと気恥ずかしさを覚えた。考えてみれば自分であれ他人であれ、これまで色恋沙汰(ざた)について口にしたことがなかった。

　対して珠里は答えるどころか、表情すら変えないままだ。どうやら納得していないようだと感じた春霞は、自分の意図を説明するつもりでさらにつづけた。

「これまで私はたとえ婦道(ふどう)から外れていると謗(そし)られようと、男の意思に左右されない女子医官という道を選んだことに自負を持っておりました。なぜなら他の女性は、己の心を殺して男に仕えているのだと思いこんでいたからです」

　劣等感の裏返しでもあるその優越感は、結婚を最初から諦めていた自分を支えていたのかもしれない。他人を蔑(さげす)むつもりはなかったが、そう思うことで世間の厳しい目に立ちむかおうとしていたことは確かだった。

　だがここにきて春霞は、まるで罪の告白でもするようなつもりで答えた。

「ですが犀徳妃様の陛下に対するお心を間近で見て、たとえ女性であっても恋——いえ、心だけは誰にも左右されない自分のものなのだと気づきました」

　それはある意味、医官ではないすべての女性に対する懺悔(ざんげ)でもあった。

「恋は自分の意志でしかできないものです」

もはや医学的見識など関係なくなっていたが、珠里の口から咎めたてるような言葉は出てこなかった。彼女は腕を組んだまま、じっと春霞を見つめているだけだった。

春霞はふとわれに返る。

自分が口にした答えが、どんどん珠里の思惑から外れていっている。それゆえのこの無言の反応なのだと思うと、ついに春霞は口をつぐんでしまった。

(私、なにを言っているんだろう……………)

心はともかく恋の話などどうでもよいはずなのに、なぜあれほど必死になって訴えてしまったのか自分でも分からない。

まるで射るような眼差しをむけたあと、珠里は目配せをするように視線を落とした。

「そう……、恋ね」

短い言葉に春霞は身を竦ませた。

きっと怒っているにちがいない。女子医官が恋の話などお門違いも甚だしい。目の前の珠里に至っては、皇帝からの寵愛でさえ退けているのだ。女子医官が恋にうつつを抜かすような立場ではないことぐらい、百も承知のはずだったのに――。

「では、あなたが考えなさい」

珠里の言葉を落ちてくる針のように感じた。

「犀徳妃様の処方をあなたが考えなさい」

春霞は耳を疑った。太医長でさえ難儀している病人を、新卒の医官に任せるなど暴挙でしかない。

「む、無理です！」

即座に春霞は叫んだ。ひょっとして自分の不遜に気分を害して、腹いせ的に言われているのかとさえ思った。

「だいたい犀徳妃様が納得されるはずがありません！」

「もちろん私が目を通します。犀徳妃様にはこれまでのように私が主導をするように説明なさい」

それは彼女を騙（だま）すことにならないか。その言葉が喉元（のどもと）まで出かけたが、考えてみればこれまでだって馬中士の処方とほとんど変わらない方剤（ほうざい）を出していたのだから騙していたようなものだった。

そもそも春霞の立場で、太医長の珠里に逆らえるはずがない。それでも納得できずに返事ができないでいると、少しだけ口調を和（やわ）らげて珠里は言った。

「前も言ったでしょう。目に見えるものをよく見て。そして見えないものをよく考えなさい」

翌日の朝。春霞が正房を訪れると、宮女達がやけにあわただしかった。

理由を聞くと、昨夜痒みに悩まされた犀徳妃が身体をかきむしったために夜着と敷布が血まみれになり、先ほど取り替えが終わったところだというではないか。

「なぜ、呼んでくださらなかったのですか？」

思わず春霞は抗議の声をあげた。

「犀徳妃様が、明け方で向少士も休んでいるだろうから呼ばなくてよいとおっしゃったのです」

声を大きくしたことが気に入らなかったのか、宮女はむすっとして答えた。

春霞は絶句した。気持ちはありがたいが、それでは医師として患者の病態を把握できない。それは治療方針を決めるにあたり、致命的な失策となるのに。

怒りを抑えつつこれから犀徳妃に会いたい旨を伝えたが「先ほどようやくお休みになられたところですので」と言われると、無理に押しかけることはできなかった。

「では、せめて汚れた夜着と敷布を見せていただけませんか」

出血の量がどれほどだったのか、どれほどの範囲に及んでいたのかもそのあたりを見れば分かるかもしれない。宮女も今度はあっさりと了解し、回廊に出してあると教えてくれた。けっこう汚れてしまったので処分するつもりでいたのだそうだ。

回廊に出ると、宮女が教えてくれた柱の付近に籠(かご)が置いてあるのが見えた。近づくと血で汚れた白い布がくしゃくしゃと丸めて詰めこまれている。上にのせてあった夜着を引っ張り出してみると、曼珠沙華(まんじゅしゃげ)のような鮮紅(せんこう)色の血痕が背中と腕にあたる部分に大きく広がっていた。

猫でもあるまいし、人間の爪でかきむしったところで普通はここまでの出血にはならない。しかし元々の皮膚(ひふ)が弱くなっていたところに、高貴な女性ならではの整えられた爪先のせいでこんな惨事(さんじ)になったのだろう。

春霞はため息をついた。

昨日から犀徳妃には、春霞が提案した地骨皮(じこっぴ)を君薬(くんやく)とした方剤(ほうざい)を新たに提供していた。弁証の変更がないかぎり、清熱(せいねつ)と涼血(りょうけつ)という方向は変わりようがない。ここまで効果がないのなら証の判断がまちがっているのではと思うのだが、珠里はその件については否定し弁証をやり直そうとはしなかった。現実に症状がいっこうに改善しないのだから、なにか見落としている点があるのではと思うがそれを見極める力が春霞にはまだない。

己の無力に対する忸怩(じくじ)たる思いと同時に、珠里に対する不信が芽生(めば)えてしまう。

なぜもっと積極的に治療法を探らないのか？　なぜ春霞のような若輩者(じゃくはいもの)に犀徳妃のことを任せようとするのか？　これまでの珠里の言動とはあきらかに矛盾(むじゅん)する判断に春霞は戸惑いつづけていた。不遜だと分かっていながら、犀徳妃への皇帝の寵愛を妬(ねた)んでの態度なのではと疑ってしまったほどだ。

「どうしよう……」

知らずと弱音が漏れたときだった。

「向少士！」

朝にふさわしい晴れやかな声は阮陽のものだった。

振り返ってみると、手を振りながら回廊を歩いてきている。遠目に分かる笑顔に憂鬱だった気持ちが少し浮上した。

「犀大夫」

自然と弾んだ声になった春霞に、阮陽は足を速めて近づいてくる。

「会えてよかった。実はそなたに渡したいもの——」

しかし阮陽の言葉は途切れた。

なんだろうと思った春霞だったが、すぐに自分が手にしていた血で汚れた夜着に気づく。

（しまった）

時すでに遅しである。

ぴたりと足を止めるなり、阮陽は膝から崩れ落ちかけた。しかしとっさに走り寄った春霞が全身を使って彼の身体を支えたので衝突は避けられた。

しかし体格差を考えれば、このまま抱えきれるはずがない。春霞は両腕と肩に阮陽の上半身をのせ、必死で踏ん張りながらゆっくりと膝を落としていった。片膝をついたところでなんとか姿勢を安定させ、そのまま地面に彼の身体を横たえる。硬い敷石に衝突することだけは避けられた。

「よかった」

ほっと息をつきながら安堵の声を漏らすと、阮陽が目を開いた。

存外に早かったなと、前回のときと比較してやけに冷静に思う。

「気づきましたか？」

顔をのぞきこみながら春霞は問うたが、阮陽は即座に状況が理解できないようだった。回廊の天井から傍らに座る春霞へと視線を動かし、さらに目を見開く。

「向少士!?」

「すみません。大夫が血が苦手だったことをすっかり忘れてしまって」

春霞が詫びると、阮陽は事態を理解したようだった。

彼はふたたび天井に視線を戻し、固く目をつむった。春霞は阮陽が自分のていたらくを恥じているのだと思った。

「しかたがありませんよ。人間なら誰だって苦手なものの一つや二つはありますから」

「……誰か怪我でもしたのか？」

阮陽の反応を春霞は訝しく思った。というのもこれまでの彼からすると、まず迷惑をかけたと謝罪するものと思ったからだ。

「犀徳妃様が、痒さから皮膚をかきむしられたそうです」

「……そうか」

低い声で応じた阮陽に、ますます違和感が募る。

阮陽の表情からは、犀徳妃の症状に衝撃を受けるどころかむしろ安心したような印象さえ受けたからだ。もちろん病に苦しむ姉を痛ましく思う気持ちはあるが、それ以上の不安が阮陽の中にあったのではないかと春霞は思った。

「起き上がれますか？」

そう春霞が問うまで、阮陽は回廊で仰向けになったままでいた。

「ああ、すまない。迷惑をかけて」

そう言って阮陽はようやく上半身を起こしたが、顔色は優れない。春霞は不安な思いで彼の横顔を見つめたあと、思いきって彼の腕をつかんだ。

「お茶を淹れますから、少し休んでいかれませんか？」

目を円くして自分を見る阮陽に、春霞は説得を試みる。

気になってしかたがなかった。人間であればどうしても駄目なものはあるだろうが、目にした瞬間失神するなどやはり尋常ではない。以前であればまちがいなく他人事として距離を取っていたのに、どうしても放っておくことができなかった。しかもその自身の変化にすら春霞は気づいていなかった。

「どのみち犀徳妃様は、いまお休みになっておられます。かような理由で昨夜はよくお休みになれなかったそうですから」

「……いや、私はそなたに用事があったんだ」

阮陽の言葉に、今度は春霞が不意をつかれたようになる。しかし言われてみれば、気を失う前にそんなことを言っていた気がする。

ならばと春霞は阮陽の腕を引きながら立ち上がった。そして釣られたように立ち上がった阮陽の目を見上げる。やはり顔色がまだ悪い。そのことにいっさい気づかないふりをして、春霞は自分でも白々しいと思うほど明るい口調で言った。

「それなら、ちょうどよかった。お茶を淹れますから部屋で話をしましょう」

阮陽は少しためらいがちな表情を浮かべたが、春霞の勢いに押されたようにうなずいた。

火を入れた茶炉に鉄瓶をかけ、湯が沸くまでの間に茶器の準備を整える。

茶杯を二つ揃え、茶壺に適量の茶葉を入れてからちらりと見ると、阮陽は春霞が勧めた椅子に腰を下ろしている。気持ちの整理がつかないのか、彼には珍しいほど無口だった。春霞のほうも茶の支度に気を取られているふりを装って声をかけることをしなかった。

やがて鉄瓶がかたかたと音をたてはじめたので、火から下ろして茶壺に湯をそそぐ。葉が開いたのを見計らい、茶杯に同じ濃さになるように交互に茶をそそぐ。

（もう、いいかな）

茶ではなく阮陽に対して思ったあと、春霞は彼の前に静かに茶杯を置いた。

「お茶、どうぞ」

阮陽はわれに返ったように顔をむける。おそらく声をかけられるまでずっと物思いに沈んでいたのだろう。

「ああ、ありがとう」

ぎこちなく礼を言うと、阮陽は茶杯を口に運んだ。むかい側で春霞も茶をすすった。口腔（こうこう）内を通じて少し冷めた液体が喉（のど）を落ちていったあと、卓を挟んだ先で阮陽がひとつため息をついた。

「驚いただろう……」

阮陽が自分からその話題を切りだしたことが春霞は少し意外だった。

だがおかげで尋ねるきっかけができた。

「最初から、血が駄目だったのですか？」

「ちがう」

はっきりと阮陽は答えた。

その口調が意外に鋭くて、春霞は茶杯を両手で挟むようにして押さえた。採光のせいもあるのかもしれないが、阮陽の顔色がいっそう青ざめているように見えた。

人の心の深い部分に立ち入ることは、なかなか勇気がいる。これまでの春霞であれば、むこうから望まれないかぎり遠慮していた。

阮陽はそのようなことは言っていない。

しかし春霞は阮陽がその話をしたいがために、ちがうと否定したような気がした。なにより春霞が知りたかった。いったいどんな過去が、日頃朗らかなこの青年の表情にこんな影を落としているのだろう。

「なにかきっかけがあったのですか？」

春霞の問いに、阮陽は卓上に落としていた視線をあげた。

待ち望んでいた答えを得た。そこまで思ってしまうのは、あるいは春霞の思いこみかもしれなかったが、少なくとも春霞にはそのように見えた。

「四歳の頃だった」

ためらうことなく阮陽は口を開いた。

その当時、阮陽は母と姉、つまり犀徳妃とともに邸の廂房で暮らしていた。阮陽の母は父親の正妻ではなく妾だった。一妻多妾制の世において、地位のある男が妾を同じ敷地に住まわせることは一般的で蔑まれることではない。ちなみに父と正妻は正房に住んでいた。

阮陽は滅多に正妻の顔を見ることはなかったが、院子で少し声をあげて遊んでいると彼女の侍女から静かにするように注意された。怖いとまでは思わなかったが、神経質な人なのだと幼心に思っていたそうだ。

「彼女は子に恵まれなかった。だから余計子供の声が気に障ったのかもしれない」

話がなんとなくきな臭くなってきたので、春霞の肩にも自然と力が入る。

「それから、母が父の三人目の子供を身ごもった」

「……………」

「彼女の、正妻の中で箍が外れてしまったのだろう」

春霞は自分の身体がまるで鋼のように硬くなっているのを感じた。

両親の息災について問われたとき、母親にかんしてだけ阮陽は言葉を濁した。兼ねあわせて考えてみれば、不穏な事態が生じたことは想像できる。

しかしここに至って阮陽は鍵がかかったように、口を閉ざしてしまった。

やはり話したくないのかと思いもしたが、直前の言動を考えれば、むしろ言葉を出せないでいる気がした。その気になってみたものの、いざとなると真相は想像以上に重くとても一人の力では引きずり出せない。

春霞は患者の問診をするような気持ちで、相手の言いたい言葉を導き出す糸口を探した。

「正妻の方が、なにかをなされたのですか？」

静かな春霞の問いに、阮陽は固く結んでいた唇を少し緩めた。そしてふっと、苦笑いとも安堵のものとも取れる笑い声を漏らした。

「そなたはさすがだな」

褒め言葉なのか、呆れられているのか分からなかった。それでも阮陽の口から言葉が出たからには、糸口を見つけられたのかと思った。

「真夜中になって、正妻が刃物を持って私達が住む廂房に押し入ってきた」

「……………」

「そのときが私が彼女の姿をはっきりと見た最初で最後だった。だが尋常な状態でなかったことは一目で分かった。髪も衣装も乱れ、そのくせ化粧だけは夜目にも分かるほど濃く、手持ちの品をすべて身につけているのではと思うほどの宝飾品が揺れていた」

乱れた黒髪に、針山のように大量に挿した簪から垂れる金銀の歩揺。左右でまったくちがう細工の耳飾り。ほどけかけた帯からいまにも抜け落ちてしまいそうな玉環。それらのすべてがじゃらじゃらと風鈴のように音をたてていたのは、彼女の身体が震えていたからだろう。

そう言ったあと阮陽は、正妻が母に斬りつけたことを告げた。

女主人であった彼女は廂房の構造まではっきりと熟知しており、妾の寝室を違えることなく押し入ってきたのだという。

「母は悲鳴をあげることもなかった。おそらく即死だったのだろう」

凄惨な話を淡々とつづける阮陽に、春霞が動揺を抑えつつ問う。

「大夫はその現場をご覧になられていたのですか？」

「私はその晩、母と寝ていたからな」

「……」

「声もあげられず、なにもできずにただ寝台の片隅で震えていた」

自嘲的に阮陽は言ったが、四歳の子供が意識も失わずその状況を覚えているということのほうが驚きだった。

そのあとも阮陽はそのときの状況を語りつづけた。

最初の一撃で母親は絶命していたであろうに、正妻はまるで膾を切り刻むように母親の身体に刃を落とした。遺体を損壊することで積年の恨みを晴らそうとしているのか、あるいはそうすることで憎い恋敵に恥辱を与えようとしたのかは分からない。やがて気が済んだのか、疲れ果てたのか、阮陽には目もくれずに部屋を出ていった。

「あとから知ったことだが、そのまま裏の井戸に飛び込んだそうだ」

「……」

春霞はなにも言うことができなかった。

子供を授かった妾に、嫉妬した正妻が危害を加える話はよく聞く。しかしこの顛末はあまりにも凄惨すぎる。

話を聞いただけで戦慄が走るようなこの事件を、四歳の阮陽は目の当たりにしたのだ。しかも被害者は母親なのだという。どれほどの衝撃が彼の心を襲ったのか想像に難くない。聞いてしまった者として、どんな言葉をかけたら良いのだろう。励ますことも慰めることとも違う気がした。幼い頃の衝撃を心に抱えたまま、阮陽はその後の人生を腐ることもなく生きているのだから。

衝撃の程度がちがうから同じように考えることはできないが、たとえば春霞がいまさら痣についてとやかく励まされたらどう思うだろう。自分の痣にかんして克服してはいないが、時々傷つきながらも抱えて生きている。

「それで……」

石が詰まったようになった喉から、春霞はその言葉だけを引きずり出した。阮陽が語ってくれたから、なにかを言うことは自分の義務なのだと思ったからだ。

「それで血が怖くなったのですか？」

阮陽は静かにうなずいた。

「母の身体からどんどん血が流れていった。子供心に、この血を止めなければ母が死んでしまうと焦った。たぶんそのときはとっくに絶命していたのだろうが、すがるような思いで傷口を手で押さえたが、指の間からどんどん血が流れていった。布団や敷布を使っても同じことだった。いくら押さえても、なにをあてがってもどうやっても血は止まらなかった——」

そこで阮陽は一度言葉を切り、深い息を吐いた。

抑揚のない口調だったが、途切れるとか言いよどむことはなかった。辛い記憶にはちがいないが、鬱屈したものを吐き出しているようにも聞こえた。

「血が失われてゆくのに比例するように、母の身体がどんどん冷たくなっていくことに気がついた。そのときはじめて、これが死ぬということなのだと理解した。血が出ると人間はこうもあっさり死んでしまうのだと思うと、怖くて堪らなくなった」

子供の頃は血を見ると泣き叫んでいたから、これでも少しは良くなったのだと思う。そう言って阮陽は自嘲気味に笑った。

春霞は言葉もなく阮陽の顔を見つめていた。

手が小刻みに震え、左右に揺れる杯の中で琥珀色の水面に波紋が生じはじめた。

問題は血ではない。そもそも医官や武官でもないのだから、それこそたまに目にする血で失神するぐらい些細なことだ。第一阮陽は、祭りの事故現場では機敏に動いていた。最大の懸念は、阮陽の心に刻まれた生命が失われることへの恐怖なのだ。

言うだけ言ってしまうと少し落ちついたのか、阮陽はその間、触れずにいた茶杯に手を伸ばした。茶はまちがいなく冷たくなっているはずだが、かまわず飲み干してしまった。

「すまない、変な話をした」

「……」

「実は姉上はこのことをご存じない。母親は頓死したと聞かされているから、そのつもりで黙っていて――」

「大夫」

阮陽の言葉を途中でさえぎり、春霞は自分のうなじに手を回した。そして髪をまとめていた簪をさっと引き抜いた。癖のない豊かな黒髪が、滝の水のように肩を打ち背に広がった。

とつぜんの春霞の行動に阮陽は驚きに目を見張ったが、春霞はかまわず簪の先を自分の手の甲に突き立てた。

「なにをするんだ!?」

驚きとも抗議ともつかぬ声を阮陽はあげた。

春霞は簪の柄を握ったまま、じんじんとする手が落ちついてくるのを待った。言うまでもなくそうとう痛かったが、強がりを言うのなら思ったよりもましだった。

「大夫。多分血が出ていますから、気をしっかり持ってください」

とはいえおそらく大丈夫だろうとは思った。前回も今回も阮陽が失神したときは相当の出血量だったし、結果的には勘違いだったが春霞の痣を血と見まちがえたときはなんとか平静を保っていた。

阮陽は先刻までの沈痛な気配を完全に吹き飛ばし、ただひたすら驚いた顔をしている。

顔をしかめつつ箸をひくと、あんのじょう手の甲からじわっと血がにじみ出た。阮陽は落ちつかないように瞬きを繰り返したが、さすがに気を失うことはなかった。

にじみ出た血液は水滴のような球形を作り、やがて弾けたようにつぶれて広がった。思ったよりも派手な出血に内心でやりすぎたかと思ったが、阮陽に見せるには効果的だ。

春霞は懐(ふところ)から手巾(しゅきん)を取り出すと、傷口をぎゅっと押さえつけた。

しばらくそうしたのち、目をむけると阮陽はあぜんとしていた。

「見ていてください」

そう言って春霞は手巾を外した。その下には凝固した赤い血痕が見えた。

ある程度の傷であれば圧迫により止血できる。

「広場でも見ましたよね。場所にもよりますが、正しい止血をすれば血は止まります」

阮陽は戸惑ったように春霞を見た。とうぜんの反応だ。口に出さないだけで、腹の中ではなにを言っているのかという気持ちでいるかもしれない。自分が目にした出血のほとんどが、死につながるようなものではないことぐらい阮陽は承知しているはずだ。そのうえで彼は母を死に至らしめた出血の恐怖にいまも囚われているのだ。

春霞とて、この程度の説明で阮陽が心の傷を克服できるとは思っていない。そもそも心に刻まれた傷は他人が容易に癒せるようなものではない。現に春霞は、阮陽に比べれば些細なこととも思える痣にいまだ苦しめられている。

それでも春霞も阮陽も、傷を抱えながらいまを生きている。

「もちろんそれでも止まらない出血はあります。大夫のお母さまの場合はとうぜんそうだったのでしょう」

太い血管を損傷した場合、圧迫だけでは止まらない。それでも四肢であれば壊死を覚悟で体幹に近い付け根の部分を絞扼する手もあるが、腹部や首の場合はどうにもならない。そのために血管を縛り、傷口を縫う外科の技術が必要なのだ。

「私、将来は外科を勉強したいのです」

とつぜんの春霞の告白に、阮陽は目を見張った。

春霞は真正面から阮陽を見つめ、胸に手を当てて宣言をした。

「止まらない血のために失われる生命を少しでも減らすため、外科の医師達は日々努力しています。私もその一端を担うつもりです」

いまこのときほど、春霞は医師という仕事の尊さを痛感したことはなかった。たとえ他に選択肢がなかったとしても、婦道を進めない自分の逃げ道だったとしても、そんなことはもはやどうでもよかった。誰よりも優れた医師になれば、犀徳妃の病を快癒させ、阮陽の不安を少しでも解消することができる。

阮陽は、ぽかんとして春霞を見つめていた。春霞は揺るぎのない安定した光を湛えた瞳で阮陽を見つめ返す。

しばしの見つめあいのあと、阮陽はふっと表情を和らげた。

「頼もしいな。外科医か」

「何年も先になると思いますが、お約束します」

「楽しみにしているぞ。そのときこそ、そなたのことを杏林と呼ぶからな」

「そう言っていただけると、簪を突き刺した甲斐がありました」

この春霞の発言には、さすがに阮陽は眉を寄せた。

「……いや、いくらなんでもあれはやりすぎだったと思うぞ。卓が揺れて茶杯が浮いたぞ。なにより危ないだろう」

「躊躇して中途半端に刺すと痛いだけで二度手間になりますから。それに安全な場所だというのは腑分けと解剖学の本で分かっていますから」

「腑分け？」

「はい。実はこのあたりの骨と筋肉は――」

「い、いや、分かった。安全なんだな」

張りきってこと細かく人体構造について語りはじめようとした春霞を、阮陽はあわてて制した。春霞は物足りない思いで不服げに阮陽を見たが、ひとまず彼が活気を取り戻してくれたことに安心した。

「はい。どうぞご安心ください」

そこでいったん話が終わり、春霞は卓上に転がしたままにしていた簪に手を伸ばした。

この髪では仕事に戻れないので、またまとめあげなくてはならない。さすがに血で汚れた簪を使うのは体裁が悪いので、小物入れから新しい手巾を取り出す。帯のようにして腰に巻きつける小物入れは女子医官用に珠里が考案したもので、診察や簡単な処置に必要な道具が一通り入っている。

「ちょっと待ってくれ」

阮陽の呼びかけに、春霞は手巾を持つ手を止めた。

「はい？」

「そなたに会いに来た目的を忘れるところだった」

そう言って阮陽は、懐から小筆が入るくらいの大きさの包みを取りだして春霞に手渡した。反射的に受け取ったものの、なんだか分からず首を傾げる。

「なんですか？」

「開けてみてくれ」

にこにこしながら促され、春霞は包みをほどく。

柔らかい紅絹の中から現れたものは、薄紅の花飾りがついた簪だった。

銀の柄に淡水真珠(たんすいしんじゅ)の垂れ飾りが控えめについており、貝細工で精緻(せいち)に再現された花は枝から折り取ったばかりのように瑞々(みずみず)しい。

「これは？」

「杏(あんず)の花だ」

春霞は目を見張った。

「先日の庭園で、そなたには杏の花がなによりも似合うと思ったんだ」

「で、でも……」

春霞は戸惑ったように手の中の簪を見下ろす。

派手ではないが見るからに手のこんだ細工で、どう見ても安物ではない。いや、たとえ安物であっても、こんな物をもらう謂(いわ)れがないと断ることが筋なのだろう。

だが、模してあるものが杏の花だったから——。

「つけてみてくれ」

なんの屈託もないように阮陽は言う。

勢いに押されたことを言い訳にして、春霞は手櫛(てぐし)で髪をまとめて簪を挿した。しかしそのあとの反応に困って、うつむき加減に視線を落としてしまう。

「思った通りだ。よく似合う」

阮陽は感嘆(かんたん)の声をあげた。思わず顔をあげたはずみに、淡水真珠の垂れ飾りが耳の後ろでしゃらりと音をたてた。

視線を動かした先には、眩しいものを見るように目を細める阮陽がいた。

春霞は自分の頰が熱くなるのを感じた。傍目にも赤らんでいるにちがいないが、幸いにして阮陽は〝似合う〟という褒め言葉に対して照れているものと思ったようだった。

「本気だぞ。世辞なんかじゃないからな」

春霞の気も知らずに、おどけたように阮陽は言う。

ちがうのに。褒め言葉に照れたのではなく、あなたの表情に動揺してしまったのだ。だけどそんなことを口にできるはずがない。もしもこんな気持ちが知られたら、二度と彼と顔をあわせることができない。

「ちょうど良かった。それは外科の道を目指す未来の杏林殿へのはなむけだ」

春霞の気も知らずに上機嫌で阮陽は告げた。

ことことと音をたてて薬缶の蓋が揺れている。

その音で春霞は物思いから立ち返った。沙鐘の砂はまだ三分の一ほど残っているが、火を使っている最中の上の空は危険だ。

「いけない、いけない」

苦々しい思いで春霞は自分の頭をこつんと叩いた。

簪を貰ってからというもの、春霞は頻繁に阮陽のことを考えるようになっていた。さすがに寝ても覚めてもとまではいかないが、ふと気がつくと彼の笑顔や言葉を思いだしている。あわてて頭を切り替えようとするが、無意識のうちにそんなことを考えていた自分に軽い自己嫌悪を抱く。

「しっかりして、私」

いま考えなければならないことは、犀徳妃の治療だけだ。

珠里の命に従い、犀徳妃の方剤を春霞の処方で提供するようになって五日が経つが、症状はあいかわらず停滞しつづけている。

犀徳妃が一言も不満を漏らさないから、かえって辛い。しかも彼女は新しい処方を珠里が出したと信じている。そのことにさらに心が痛む。なにゆえ珠里があのように犀徳妃に対して冷淡なのか本当に分からない。なにか意図があるのだろうと思いたくはあるが、変わらぬ症状を報告したときの気のない態度にどうしても疑いを覚えてしまう。

春霞が処方を担当することを理由に、馬中士を介さずに直接珠里に相談ができるようになった。もとより禁止はされていなかったが、どこに行けば珠里がいるのか分からなかったので結果的に馬中士を介した形で連絡を取っていたのだ。

日中は太医学校と医官局の業務で宮城外にいることも多い珠里だが、皇帝と皇太后の体調を確認するため退庁前にはかならず宮医室に足を運ぶのだという。日暮れ時だというその時間に訪室して何度か相談しているのだが、珠里の反応は素っ気ないものだった。弁証のやり直しなど考えている素振りすらない。

こうなったら珠里に頼らず自分で考えるべきかと思いはしたが、新卒の医官には荷が重すぎる。そもそもいくら視点を変えてみても、春霞程度の経験値では別の証は考えられなかった。

ようするに春霞は大変に追いつめられており、阮陽のことなど考えている余裕はないのだ。

だというのに、耳の後ろでしゃらしゃらと音をたてる簪の垂れ飾りに集中力を乱される。

（どうしちゃったのよ、私は）

ままならない自分の心にもやもやしているうちに、沙鐘の砂がすべて落ちきった。

でき上がった煎じ薬を持って、犀徳妃のもとにむかう。

回廊から見える院子には、ここに来たときには蕾だった牡丹が花開いていた。阮陽と一緒に見た庭園の杏と桃はずいぶんと散ってしまっていた。

春霞が正房に着いたとき、犀徳妃は宮女の手で紅をさしている最中だった。

やや濃いめの化粧が施された細面は初雪の白さで、少し離れたこの位置からでは肌荒れは目立たない。ほっそりした身体を包むのは、真紅に金彩で花鳥をちりばめた大袖の上衣に翡翠色の長裙。高髻に結いあげた黒髪には牡丹の花飾りが咲き、金銀の歩揺が春雨のように揺らめいている。百花の王・牡丹の精と見紛う美貌であった。

「お召し替えをなされたのですね」

直近で訪ねたとき犀徳妃は普段着の大袖衫姿だった。普段着といっても春霞のよそ行きよりずっと豪華なものだったが、刺繍や箔のない上質の絹は傷んだ肌に優しそうではあった。

紅を塗り終えたところで、犀徳妃は口を開いた。

「あら、向少士。もうそんな時間かしら」

定期的な春霞の訪室を、時計代わりにしているかのようだ。

「いつも通りです。お薬をお持ちしましたので、服していただいて宜しいですか」

「ええ、ちょっと待ってね」

弾んだ声で答えると、犀徳妃は紅を慣らすために唇を上下ですりあわせた。

病状が改善しない現状に気まずい思いを抱きながらも、犀徳妃の明るい表情を春霞は喜ばしく感じてしまう。

「あの、陛下がお出でになられるのですか?」

「そうよ、よく分かったわね」

「分かりますよ。表情が生き生きしておられますから」

からかうように言うと、犀徳妃はほんのりと頬を赤らめた。

初恋を知ったばかりの少女のような初々しい反応を微笑ましく思いながら、常にある罪悪感に胸が痛む。

気持ちを切り替えて、春霞は杯にそそいだ煎じ薬を犀徳妃に手渡した。独特の芳香に少し顔をしかめながら、犀徳妃はそれを飲み干した。この薬もいまのところ効果を示さない。日数的にはもう少し見てもよいのだろうが、証のほうに疑心が芽生えたいま処方を出した当人のほうが最初から諦めかけている。自分にもっと経験と才能があったならとも思いはするが、それよりも珠里に対する疑念と恨みのほうが大きくなりつつある。教え子として、部下としてあるまじき態度だとは思うのだが。

「この薬のほうが、前のより飲みやすいわね」

「さようでございますか？　君薬の成分があうのかもしれませんね」

ちくちくと胸を針で刺されるような気持ちで応じたあと、春霞は退席した。

回廊に出たあとでどっと疲れが襲ってきた。

治らないことを声高に非難されたほうがましかもしれないと、不謹慎を承知で思った。犀徳妃がそのように出てくれれば、さすがに珠里もいまのままではいられないだろうに。間に立つ春霞としては、そのほうがずっと楽だ。

半ば自棄気味に思ったあと、春霞はため息をついた。

珠里の態度に疑問を覚えることはともかく、犀徳妃に対して恨めしく思うなどお門違いも甚だしい。皇帝もあの人柄を愛おしく思って見舞いに足を運んでいるにちがいない。

後宮の勢力図など門外の春霞はよく分からなかったが、この調子では皇帝の犀徳妃への寵愛は深いものだったのだろう。

出入りしている先輩医官から聞いた噂では、皇帝は妃嬪には比較的平等に接しており、特に誰かを寵愛しているという話は聞かなかった。敢えていうのなら亡くなった先の皇貴妃に対してはより情が深かったように見えたが、これも寵愛というより、彼女が唯一皇帝の皇子を産んでいることに対しての功労賞のようなものだったと聞いていた。

しかしいまの状況を見るかぎり、皇帝はひとかたならぬ優しさを犀徳妃にそそいでいる。病んだことでかえって同情を集めたのかもしれないが、あの順賢妃が彼女を貶めようと焦るのも分からないでもなかった。

そこで、ふと春霞は思った。

皇帝はあんがい、病をきっかけに犀徳妃への愛情を深めたのではないだろうか。

美貌を損なったことで寵愛は薄れるものだと思いこんでいたが、阮陽が言うにはそんなことで妻を遠ざける夫ばかりではないらしい。病に臥したことで犀徳妃の清らかな人柄があきらかになり、それで皇帝の彼女に対する寵愛が深まったということも考えられる。

（そんなことが……）

しゃらしゃらと、耳の後ろで淡水真珠が揺らめく。

とつぜん阮陽の顔が思い浮かんで、春霞はありえないほどにどぎまぎした。

（な、どうなっているの、私？）

息苦しさから胸を押さえると、はっきりと分かるほどに高鳴っている。

またもや阮陽の存在が、春霞の心をかき乱している。

自分の心が他人の存在に支配されている。そして消そうと思っても消せない。自分の心なのにままならない。ありえない、そんなこと。混乱する感情を振り捨てようと春霞は頭を大きく振る。そのはずみで淡水真珠がぶつかり、これまでにない大きな音をたてた。

その瞬間、落ちつきなく散らばっていた感情が凝結した。


——私は、あの人に恋をしている？


高鳴っていた鼓動が、一際大きくどくんと音を立てた。

恋をしている。犀徳妃のように、自分は阮陽に恋をしていたのだ。

まるで事故のようにとつぜん自覚した思いに、未知の不安に胸がざわつく。

頭の中でがんがんと警鐘が鳴る。

恋などしてどうするというのだ。女子医官など世の男がもっとも敬遠する相手だ。なによりこんな醜い痣を持っている人間が恋をするなど、己を弁えないにも程がある。あれほど家族から言われつづけていたのに。

――そんな理由で妻のもとから遠のく男がいるはずがないだろう。

あんな言葉を聞いてしまったから、あれほど堅固だった壁が驚くほどあっさりと崩れてしまったのだ。劣等感、警戒心、自己保身という負の感情だけではなく、向上心、闘争心、自立心など前向きな感情も組みあわせて、慎重に築いてきた自分を守る壁だったのに。阮陽ならこの痣も気にしないのではないかと、心のどこかで期待してしまったのだろうか。

「ちょっと待って……」

春霞は口許を手で覆った。そうしなければ動揺で叫びだしてしまいそうだったからだ。

「向少士！」

聞き覚えのある声に、春霞はなにかを吐いてしまうかと思うほど驚いた。

柱のむこうで手を振っていたのは阮陽だった。よりによってこの間合いで来るとは、なにか見透かされているのではないかと疑った。

人の気も知らず上機嫌で近づいてきた阮陽は、少し距離をおいて途中で足を止めた。

「やはり、よく似合うな」

何事かと思ってみると、彼はうっとりと目を細めた。

「!?」

春霞は反射的に自分のうなじに手をやった。阮陽からもらった簪は、あの日以来ずっと挿している。これまでがほとんど装飾のない地味な簪しかつけていなかったので照れくさくはあったが、もらっておいてつけないというのも申し訳がなかった。

目敏く気づいた幾人かの宮女から指摘されたが、まだ若いのだからそれぐらいの可愛いもののほうが良いという好意的な言葉ばかりだった。

「……他の人も、素敵だと言ってくれました」

気恥ずかしげに言うと、阮陽はぐいっと詰め寄った。気のせいか、やけに緊張しているようにも見える。

「だ、誰だ？」

「え、宮女ですが」

春霞の答えに、阮陽はきょとんとしたあと「なんだ」と気抜けしたように言った。

意味が分からず訝しく思っていると、阮陽はやけに上機嫌になって切りだした。

「実はそなたに伝言があるんだ」

「伝言？」

「昨日、あの劇団員のようすを見に行ったんだ」

一瞬何のことかと思ったが、すぐに祭りの日のことを思いだした。広場でのあの事故が阮陽との最初の出会いだった。ちなみに杏香亭での再会のあとに聞いた話では、彼等は旅芸人ではなく、小さいながら興行小屋を持つ一座なのだそうだ。あの事故は慣れない野外公演という影響もあったのかもしれない。

春霞は落ちつきを取り戻し、医師として単純な問いをした。

「どうでしたか？」

わざわざ阮陽が彼等を訪ねたことに驚くより、怪我人のその後のほうが気になった。以前の春霞なら違っていただろうが、彼女自身はその自分の変化には気づいていなかった。

「ああ、そなたの整復がよかったのだろう。二人とも足はまっすぐしていた。医者は来月の上旬には足をつけるだろうと言っていたぞ」

事故が先月下旬だったから、教科書的に荷重するに良い時期だ。阮陽がきちんとした医者を紹介してくれたことが分かって頼もしく思った。

「そうですか、よかった。私も彼等の元気になったところを見てみたかったです」

冗談めかしつつも若干恨みがましげに言うと、阮陽はひょいと上半身を倒して春霞の目をのぞきこんだ。

「よかったら、連れていくぞ」

「え？」

「むこうもそなたに礼を言いたがっていた。容赦なく整復されたときは鬼女か魔人かと思ったらしいが、いまにしてみれば本当に感謝していると言っていた」

微妙な感謝のされ方だが、恨まれていないのは幸いだった。

「連れていってくださいますか？」

「もちろんだ。いまからでも大丈夫か？」

「はい。ちょうどいいです」

犀徳妃のもとを退出したばかりだから、しばらく余裕がある。

そう説明すると、阮陽は上機嫌で正門前に馬車を用意すると言った。


二頭立ての馬車は、ゆっくりと大通りを進んだ。

春分の祭り以来だから、実にひと月ぶりの外城である。もとより官舎に住んでいるときから滅多に市街地になど足を運んでいなかったが、ここまで久しぶりだと異国にでも来たような気持ちになる。

春霞は阮陽と並んで座り、小さな窓から過ぎ行く景色を眺めていた。街路樹として植えられた柳は若葉からいっそう深みを増した緑になり、垂絲海棠が薄紅の花をほころばせている。

二人掛けの椅子は横並びで、ある意味幸いだった。もう少し大きな馬車だったらむきあって座っただろうから目のやりどころに困る。二人掛けにしては大き目の椅子だったので、適度な距離を取れたことも幸いだった。でなければあんな思いを自覚した直後だから、まず平静を保てなかっただろう。

「そういえば」

ふと思いついたように阮陽が口を開いた。

「この間、蚊に刺されたんだ」

「…………」

なんの冗談なのかと思っていると、彼はとつぜん自分の手の甲をぴしゃりと叩いた。

春霞はぎょっとした。もしかしたら冗談ではなかったのか？　だとしたらこの時季に出現するとは、ずいぶんせっかちな蚊もいたものである。

「それでこんなふうにして叩いたら、吸われたあとだったようでけっこうな血が出た」

目をあわせると、阮陽は得意げに笑った。

「大丈夫だったぞ。ちょっと緊張したが、気分は悪くならなかった」

蚊に刺されたぐらいでもそんなことになっていたのかと驚いたが、それだけ彼の衝撃が大きかったということである。阮陽の脳裏（のうり）に刻みつけられた惨劇（さんげき）を想像すると胸が痛むが、いま彼が欲しがっているのは同情や憐憫（れんびん）の言葉ではないだろう。

「大進歩ですね」

「本気で言っているのか？」

冗談めかしながらも、阮陽は頬(ほお)を膨(ふく)らませた。その表情が少年のように可愛らしくて、春霞はにやけたように笑ってしまう。阮陽への恋心を自覚したときあれほど不安を覚えたのに、本人を前にするとこれほど心が弾むのはいったいどうしたことだろう。

(冷静になって、私……)

祈るような気持ちで自分の心に訴えるが、それも歌うように朗(ほが)らかな阮陽の声音(こわね)にたちまちかき消されてしまう。

「もうすぐだぞ」

馬車が速度を緩(ゆる)めた頃、阮陽は言った。

ほどなくして馬車は通りの一角に停車した。劇団員の宿舎は馬車が入れない狭い路地にあるので、ここで降りてあとは歩いていかなければならないとのことだった。

祭りでもないのに通りはけっこう賑(にぎ)やかだった。外城の南門から宮城(きゅうじょう)の正門までを貫く大通り以外にも、帝都・景京(けいきょう)には活気あふれる通りが多数にある。

「ちなみに、あそこが彼等の興行小屋だ」

降りてすぐに、阮陽が少し先にあるのぼりをたてた小屋を指差した。人目を引く珍妙な衣装を着た男が客を呼びこんでいる。口上のうまさも手伝ってか、老若男女(ろうにゃくなんにょ)、あらゆる人々が吸い寄せられるようにして入っていっている。ここから見るかぎりなかなかの客入りのようだ。

「いや、曲芸だろう。ていうか、あの格好を見れば分かるじゃないか」

なにを言っているんだとばかりに阮陽は言うが、演芸小屋に入ったことがない春霞は劇も曲芸もよく分からなかった。

「すみません。ああいうものを見たことがないので……」

「祭りの日は広場で演芸を観ていたんじゃないのか？」

「あれは昼食を食べるために足を運んでいたのです。ですから実は舞台後ろにいました」

春霞の説明に、阮陽は妙に納得した顔をした。

彼はちらりと客引きのほうに目をむけたあと、ふたたび春霞に視線を戻した。

「ものはためしに入ってみるか？」

思いがけない誘いに春霞は目を円くした。見舞いがてらの外出ならともかく、若い男女が二人で演芸小屋に入るなどなかなか大胆な行為である。

しかしこの阮陽の誘い方を見るかぎり、それほど意識していないようにも感じる。なんだかまるで妹に対するかのように自然なふるまいだ。

春霞は多数の客が吸い込まれてゆく入り口に目をむけた。あれだけの人達を引き込むからにはそれなりに評判の一座なのだろう。

「ほんと、楽しそうですね」

「お芝居ですか？」

春霞のつぶやきに阮陽は顔を輝かせた。

「よし、じゃあ行こう」

「ち、ちょっと待ってください。私、一応仕事中ですから」

うっかり忘れてしまうところだったが、犀徳妃に断りを入れて出てきているのだ。

あんのじょう阮陽も、いま気づいたかのような顔をした。

「そうだったな。自分の仕事が終わったので、すっかり休みのつもりでいた」

「すみません、せっかく誘っていただいたのに」

「いや、こっちこそ悪かった。じゃあ次の休みとかどうだ」

何気ない誘いに、どきりと胸が鳴った。

「その……」

「なにか予定があるのか？」

「い、いえ」

あわてて春霞が否定すると、心持ち不安げだった阮陽は眉を開いた。

温かい一滴を落とされたように、緊張していた心がすっとほぐれていった。

「そうか。じゃあ、都合の良い日を教えてくれ」

「戻ってから確認してみます」

これまでの常識であれば断るべきことなのに、春霞の頭の中にそんな思いがほとんど浮かばなかった。ためらいや警戒心があるはずなのに、彼に惹かれていることを自覚した直後のこの誘いに、目に見えない導きのようなものを感じてしまった。

「そうか。じゃあ銀杏離宮に行ったときに教えてくれ」

「分かりました」

信じられないぐらい華やいだ気持ちになる。いままでの人生の中で、一、二位を争うほどではあるまいか。もうひとつは女子太医学校に合格したときだった。あのときはこれで実家を出ていけるという、正反対の昏い歓喜に胸が震えた。

そのときだった。

「犀大夫！」

すぐ脇の宝飾品店から出てきた人物が、やたら大きな声で呼びかけてきた。演芸を見せる建物が軒を連ねる通りには、それほど高くはない装飾品を売る店が幾店舗か存在している。お目当ての女優や舞姫に贈るためである。もう少し先に行くと妓楼が並んでおり、このあたりになると販売している宝飾品店の格もぐっと上がる。

聞き覚えがある声なのか、阮陽は露骨に顔をしかめた。

訝しく思いつつ彼の視線を追った春霞は、その瞬間に青ざめた。

三十を少し越したぐらいのその男性は、異母兄だった。

阮陽の陰に隠れた春霞の存在には、まだ気づいていない。本能的に逃げようとした春霞だったが、兄の一言に足を止める。

「まさかこのような場所でお会いできるとは。ぜひとも我が家にお立ち寄りください。実は娘の香蘭がわが子ながら大変な箜篌の名手で、ぜひ大夫にお聞きいただきたく――」

そうだ。三つ年下の姪は、そろそろ親が嫁入りを意識しだす年頃だ。

ならばこの人は、わが娘の結婚相手として阮陽を狙っているのだろうか？　犀家と実家では若干家柄に差はあるが、身分違いというほどではない。少なくとも父の代であれば、勿体ないほどの良縁に恵まれたという程度の差だっただろう。向家は最高位である大夫こそ出せなかったものの、代々官僚を輩出してきた家だ。

しかしそうやって先祖代々が築いたものを、兄は受け継ぐことができなかったのだ。父は自分が合格できなかった大夫への道を息子に託したそうだが、兄は大夫どころか進夫にさえ合格することができなかった。春霞が物心つく頃には、兄は試験を受ける素振りさえ見せていなかった。

幼い頃から聡明だった春霞に対して父がよく「男だったらな」と口にしていた。いまにして思えば兄の春霞への風当たりの強さも、痣に対する嫌悪だけではなく彼の鬱屈した劣等感が一因となっている気がしてならなかった。

「向少士。顔色が悪いぞ」

その呼びかけに、意気揚々と近づいてきていた兄はぴたりと足を止めた。四年ぶりの再会に即座には分からなかったのか、兄は訝しげに眉を寄せたあと驚愕した。

春霞はぎゅっと手を握りしめて覚悟を決めた。早々に逃げることをしなかった自分を愚かだと思ったが、ここで兄にむきあうことはいいきっかけになると言い聞かせた。

いつまでも家族の影におびえ、街を歩くことすらままならない人生など悔しすぎる。そんな理由で妻のもとを遠のく男がいるはずがないと阮陽は言ったし、他ならぬ皇帝がそれを体現してくれている。

「春霞。なぜお前が犀大夫と――」

「ご無沙汰しております。兄様」

淡々と一礼した春霞に阮陽は驚きの声をあげた。

「兄？　そなた、向家の娘だったのか？　ということは先の呉州事殿の娘か？」

「その娘はもう家を出ております」

州事の呼称に兄は敏感に反応し、険のある声をあげた。進夫にさえなれなかった兄に、州事など縁遠い職業だった。

「すでに勘当しております。向家の娘が、よりによって女医になるなどけがらわしい」

吐き捨てるような兄の言葉に、阮陽は驚いた顔をした。

いっぽう久しぶりにここまで露骨な女医に対する蔑みを聞いた春霞は、怒りを通り越して笑いたいぐらいの気持ちになって、つい鼻で笑ってしまった。

春霞の反応に目敏く気づいた兄は、苦々しげに言った。

「まったく女医など、娼妓のほうがまだ可愛げがある」

「向──」

「世間からどう思われようと、私はかまいません」

兄をたしなめようとした阮陽の言葉を阻み、毅然として春霞は言った。

阮陽はぎょっとしたように春霞を見つめ、兄はといえば春霞がなにを言ったのか理解できない顔をしていた。

そうだろう。家を出たとき十二歳だった春霞は、兄と嫂の言葉になにひとつ言い返すことができなかったのだから。そういえば姪に対しても同じだった。まだ九つだった彼女は両親ほどにひどい言葉は口にしなかったが、うつるから近づかないでぐらいは言われていた。

うつるはずなどない。誰にも迷惑などかけていないのに、あんな理不尽な扱いを受けた。それなのになにも言い返せなかった自分の不甲斐なさを思いだして、屈辱に打ち震えそうになる。

負けるものか。ここで以前と同じに逃げていては、四年間必死で学んだ甲斐がない。

春霞は奮い立った。

「私にとって大切なことは、誰かに必要とされているか否かです。確かに私は兄様が言うように妻としては誰からも必要とされないのかもしれません。ですが女医の道を選んだことで、その手段を得ました」

はじめのうちは耳を疑うような顔をしていた兄だったが、春霞の態度が以前とはちがうことをようやく理解したようだった。彼は顔を真っ赤にしてなにか言い返そうとしたようだが、相手を効果的に傷つける刃のような鋭い言葉はなかなか思い浮かばないようで、ぎりぎりと歯嚙みを繰り返すだけだった。

阮陽は、戸惑ったように春霞と兄を見比べていた。兄妹を名乗っておきながらのこの剣呑な雰囲気にきっと驚いているだろう。

しかし彼は、ある言葉が引っ掛かったように眉を寄せた。

「妻として必要とされない？」

阮陽のつぶやきに、春霞はさっと自分の口許を押さえた。失言ではないが、事情を説明するとなると痣にたどりついてしまう。あるいはこの人ならば大丈夫ではないかとも思ったが、自分からそれをさらす度胸はなかった。

なんとか一矢を報いてやろうと神経を研ぎ澄ませていた兄は、春霞の動揺をけして見逃さなかった。

「犀大夫、ご覧ください」

言うやいなや兄は春霞に飛び掛かり、乱暴に左の袖をまくりあげた。

それは一瞬の出来事で、とっさに避けることすらできなかった。前腕部にひやりと外気を感じた瞬間、春霞は血が凍るような気がした。

「なにを、婦人に対して乱暴──」

兄に対して抗議をしようとした阮陽の言葉が止まった。

つぶれた柘榴のような痣が、無残に人目にさらされている。自分で見ても目を背けたくなるのに、人が見て平気でいられるはずがない。

だけど、この人ならもしかして──。

祈るような思いの春霞の目に映ったものは、けがらわしいものを見たように眉を顰めた阮陽だった。

奈落に突き落とされたような衝撃に、春霞は自分でもなにをどうしたらよいのか分からなくなった。ただこの痣を隠したい。空気に触れると浸食がはじまるかのような恐怖を覚え、肘鉄を喰らわせるように左腕を乱暴に振った。不意をつかれた兄はぐらりと身体を揺らし、無様に尻餅をついた。

「向少士!?」

驚いた阮陽が声をあげたが、もはや彼の顔を見る気にさえならない。

やはりこの人もそうなのだ。なにを馬鹿な期待をしていたのか。阮陽への失望より、己の間抜けぶりに腹が立つ。そんなことあたりまえではないか。犀徳妃は皇帝の寵愛を受けたあとに発病したのだから、最初から醜(みにく)い春霞とは事情がちがうのだ。

醜いという言葉が思い浮かんだ途端、ぐっとなにかがこみあげてきた。

春霞は脱兎(だっと)の勢いでその場を駆け出した。阮陽が呼ぶ声がしたが立ち止まらなかった。一刻も早く、彼の視界から姿を消したい。ただその願いばかりで、細い路地に入り込み、目についた建物の陰に身を隠した。通りのほうから足音や人々のざわつきが聞こえるが、やがて耳に入らなくなった。

建物の壁にもたれて固く目をつむると、ぶわっとあふれるように涙が出た。泣くまいと春霞は顎(あご)をぐいっとあげて涙がこれ以上落ちないように踏ん張った。だがあふれてくる涙は止めどがなかった。

ならば泣くのは、今日で最後にしよう。今日だけは自分を甘やかしておこう。

そう言い聞かせると、箍(たが)が外れたようにさらに涙があふれて止まらなくなった。

第四章

異母兄と再会した当日も、その翌日も阮陽は銀杏離宮を訪れなかった。

これまで二日ぐらい顔を見ないことはあったが、あんな出来事が起きたあとだけに、やはり避けられているのだと失望した。恋を自覚したその日に失恋など、本当に笑い話のようだと自嘲的に思った。そして春霞は、杏花の簪を引き出しの奥に仕舞い込んだ。

その日朝食前に犀徳妃のもとを訪れると、彼女は化粧もせず緩やかな大袖衫を羽織るというくつろいだ姿で寝椅子に座っていた。

この格好をしているということは、きっと今日の皇帝の訪問はないのだろう。療養のためにはそのほうが良いが、皇帝の訪問は犀徳妃の気力を保つために大きな役割を果たしている。病は気からという言葉はときには患者を苦しめる悪言にもなるが、治療に対する意欲を保つために患者の精神状態は重要なのだ。

「おはようございます。昨晩はいかがでしたか？」

「あら、向少士。昨日はわりとよく眠れたのよ。だから薬も朝一番にいただいたわ」

そう言って犀徳妃は、ちらりと視線を動かした。その先には紫檀の小卓の上に置かれた薬缶と杯があった。

「確認させていただきます」

卓の傍に行くと、春霞は薬缶の蓋を開けた。夕方と就寝前、朝の分を服用したあとだから空になっている。杯の底に緑色がかった琥珀の液体が一滴残っていた。

「けっこうでございます」

蓋を閉めてから春霞が言うと、犀徳妃は相槌を打つようにうなずいた。

それから彼女は上目遣いに春霞を見上げ、おもむろに口を開いた。

「あのね、向少士」

「はい」

「私は焦っていないわ。ゆっくり治していけばいいと思うの」

ここにきてはじめて、犀徳妃は進捗に触れた。正直もっと早いうちに口にしてもよい話題だが、非難ではなかったことに春霞は複雑な気持ちになる。治療が功を奏さないことをもっとなじってくれれば、それを珠里に伝えることができる。そうなればさすがに珠里もいまのように漫然とした治療をつづけられないだろうに。

だというのに犀徳妃は、穏やかな笑顔をたずさえたまま語るのだ。

「治りが悪いのも運命だと思っているわ。それに禍転じてということもあるでしょう。

実はこの銀杏離宮も、居心地が良くて気に入っているのよ。なにより陛下があのようにお出でくださることは僥倖だわ」

「……」

春霞は押し黙った。

犀徳妃の思いに感極まったわけではない。ふと心に芽生えた疑いに動揺したのだ。

（まさか……）

だがすぐに自己嫌悪を覚えた。いくら治らないからといってこんなことを考えるなど、医師としてより人としてどうかしている。

内心で己を戒め、春霞は深々と頭を下げた。

「申し訳ありません。私共が不甲斐ないばかりに、このように犀徳妃様にご不自由をおかけして」

そこでいったん言葉を切ると、ふたたび顔をあげる。

「残念ながら今回の処方もあまり効果的ではないようですので、もう一度太医長に相談してみます」

「范太医長に？」

犀徳妃は声を弾ませた。

「ありがたいわ。皇帝陛下と皇太后様の主治医が、私の治療をうけおってくれることは、本当に名誉なことだわ」

そんな考え方もあるのだということは、犀徳妃の言葉で気がついた。

しかし珠里の治療に対する姿勢を知っているだけに、犀徳妃に対して申し訳ない思いばかりが募(つの)ってしまう。そして彼女に対して、一瞬でもあんな疑いを抱いた自分を春霞はいっそう恥じたのだった。

そのとき入ってきた宮女が、朝食の支度(したく)が整ったことを伝えた。食事の時間にあわせて訪室をしているが、春霞が診察をしている間に食堂で配膳(はいぜん)を行う形になっていた。

「それでは私はこれで」

手短に断りを入れて退出したあと、春霞は足早に回廊(かいろう)を進んだ。

さまざまな感情や思惑がごちゃごちゃして、頭がどうしても整理できない。犀徳妃への罪悪感。珠里への不信感、そしていまはまったく関係がない阮陽への失望と恋情が入り混じって、なにか叫びだしたいような衝動にかられる。

観念した春霞はその場に立ち止まり、胸いっぱいに息を吸った。

強くなれ。冷静になれ。

いつもの文句を繰り返す。

いま為(な)すべきことは、犀徳妃の治療を再考することだ。自分のような経験値の低い医官では弁証ができないなどと言い訳をしてもなんの解決にもならない。

ならばもう一度、書籍を調べてみよう。

犀徳妃の診察はさんざんしたが、自分は知識にかんしてまだまだ不足している。医師として学ぶ内容はこの世にあふれかえっており、春霞が知っていることはその中のごくわずかな量にすぎない。まだ調べられることは山ほどあるはずだ。

書庫に行こう。言い聞かせると頭の中にすうっと清涼な風が吹いた気がした。

気持ちが落ちつくと、どこからかただよう食欲をそそる油の香りに気づく。粥に入れる油条の匂いだろう。そういえば犀徳妃が朝食を摂っているはずだ。ちょうど朝食の時間帯だから、宮女の中にも何人か食事を摂っている者もいるのだろう。

「そういえば、お腹空いた」

独り言に刺激されたように、腹の虫が鳴った。身支度をしてすぐに部屋を出てきたので、朝から何も食べていなかった。すぐにでも書庫にむかう意気込みだったが、やはり先に食事をすることにしようと春霞は行き先を変更した。

内城にある女子医官局の書庫で閉館間際まで調べ物をしたあと、春霞は皇城に戻った。

あのあと幾つかの用事を片づけ、結局書庫に行くのは昼の煎じ薬を運んだあとになってしまったのだ。

日は完全に落ちており、屋根のむこうには朱色をまったく残さない薄墨色の空が広がっていた。久しぶりだから官舎に顔を出して、せめて相部屋の栄夙姫に近況報告ぐらいしたかったのだが、閉門の時間を考えると叶わなかった。

外城から最奥の宮城まで四つの区域の門は夜間閉ざされるが、その中でも宮城の門は一番早い時間に閉門する。最悪宮城は逃しても、銀杏離宮がある皇城の閉門までにはなにがあっても戻らなくてはならなかった。

春霞が皇城から宮城に入ったのは、閉門ぎりぎりの時刻だった。ちなみに閉門後の入門は不可だが外に出ることはできる。もちろんいったん出てしまえば翌朝の開門までは入れない。

（太医長、まだいるかな？）

女子医官局を出る前に所在を確認すると、皇帝宮にむかったということだった。日課である皇帝の体調確認のためだろうが、特に問題がなければすぐに退出するだろう。そのあとは自宅に帰ってしまうだろうから、できることなら今日のうちに会っておきたかった。

書庫で調べた内容を参考にして、あらたな弁証を試みてみた。それを珠里に伝えて意見を聞きたいと思ったのだ。

自分の弁証が苦し紛れで、若干こじつけがましいことは分かっていた。珠里に言えば一笑にふされるかもしれない。それだけ犀徳妃の病状が切羽詰まっているのだということを訴えたかったのだ。

息も切れ切れに回廊を進んでいた春霞だったが、院子(にわ)のほうから聞こえてきた水音に足を止める。目をむけるといつのまにか、ただの院子ではなく豪華な庭園が開けていた。水音は池から聞こえたようで、水鳥か魚が跳ねたのだと思われた。

灯籠(とうろう)の明かりが対岸のほとりに植えられた柳の木を照らし、水面は水鏡となっていつのまにか浮かんでいた弓のような月を冷ややかに映しだしていた。

「もう、こんな暗くなっていたんだ」

夢中で進んでいたのでまったく気づかなかった。夜になるのが早いのか、自分の足が遅いのか、宮城というか皇帝宮が広すぎるのか、はたしてどうなのだろう。

こうなってくると珠里が残っているか怪しくなってきた。宮医室のある方向に目をむけると、むこうの回廊を紫色の官服を着た女性が歩いてきていることに気づく。大士(だいし)の地位にある女性は珠里しかいない。傍に行こうと春霞は足を踏み出したが、それより先に珠里が回廊から外れて、庭園を歩き出した。

なんだろうと思って見ていると、ふたたびどこからか水音が聞こえてきた。しかも今度は継続して、次第に大きくなってきている。

やがて水面に屋根の付いた小舟が見えてきた。軒下(のきした)に吊るされた灯籠が船体の精緻(せいち)な細工を幽玄(ゆうげん)に浮かび上がらせる。気がつくといつのまにか珠里が池のほとりにたたずんでいた。小舟は彼女を迎えに行くように、ゆっくりと近づいてゆく。先ほどから聞こえていた水音は舟を漕ぐ音だった。

（太医長？）

こんな時間に舟遊びなどするものだろうか？　夏場ならともかく宴の夜でもないのに面白くもないだろうに。

やがて珠里の前に接岸した舟から、藤色の大袖を着た人物が降り立った。岸辺で輝く灯籠に照らされた秀麗なその面差しに、春霞は目を見張った。皇帝だった。

彼は自分から珠里の傍に近づくと、やにわに腕を伸ばして彼女の身体を抱き寄せた。情熱的な行動に春霞は息を呑んだ。これまで何度か目にした皇帝の所作は、まるでゆったりと奏でられる箜篌のように静かで気品に満ちたものだったからだ。

しかし、いま春霞が目にした皇帝のふるまいはあきらかに違っていた。ただ引き寄せるだけの動作にもかかわらず、皇帝からは渇望にも近い彼の情熱を感じた。

珠里もまた同じように皇帝の背に腕を回し、二人はまるで溶けあうかのように強く抱きあった。紫の官服を着た珠里の身体を藤色の大袖が包みこみ、月と灯籠の明かりに照らされて二人が溶けあったかのように見える。

「待ちかねたぞ」

地に杭を打ちこむような重みのある声が夜気を震わせた。

あふれる喜びを抑えているようでもあり、恨みを積もらせているようにも聞こえた。

春霞は自分の目も耳も疑った。

杏香亭での優美で貫禄に満ちた姿。銀杏離宮で見た慈愛に満ちた姿。そのどれとも違う、愛する女性を求める生々しいほどの男の情熱が伝わってくる。

皇帝の思いを甘受するよう、珠里は無言のまま相手の胸にもたれている。そんな彼女をもどかしいというように横抱きに抱え上げると、皇帝はふたたび船内に戻っていった。

ほどなくして水音が響き、舟は離岸していった。

暗闇に吸いこまれるように飾り立てた船体が消えてゆき、あたりは静寂を取り戻した。

春霞は呆然と立ち尽くし、いつまでも水面の先につづく闇を見つめていた。

「……あれが皇帝陛下の」

本当の姿なのだ。

英明で理性的で、慈悲深い。見目麗しく、どの妃に対しても思いやりに満ちた態度を示す。それが犀徳妃をはじめ他の妃達が恋焦がれていた皇帝の姿だった。

だが、あれが皇帝の真実の姿だったのだ。

飢えた獣のように愛する女性を求め、乱暴なまでに彼女を拘束する。

皇帝・笙碧翔が真に愛する女は、范珠里のみ。

衝撃からほとんどがらんどうだった思考に、まるで濁流のように暴力的で澱んだ感情が押し寄せてきた。

真摯に皇帝を慕う、他の妃嬪達が気の毒でしかたがない。

犀徳妃はもちろん、あの順賢妃でさえ春霞は憐れに思った。

そのいっぽうで、皇帝と珠里のままならなさも分かる。立場上、二人とも徒人のような夫婦にはなれない。もし珠里が皇帝の妃になっていたら、彼女は医官であることを諦めなければならなかったはずだ。

珠里は女子医官の道を貫くことで、愛する男を諦めた。

皇帝は君主の務めとして、愛する女以外を妃嬪に迎えた。

二人は自分の道を貫くことで最愛の相手を諦めた。

にもかかわらず、珠里はいまだに皇帝の愛を独占しているのだ。

「馬鹿だなあ………」

笑ったつもりだったのに、半泣き声になった。

こうなると犀徳妃を害そうと企んだ順賢妃が陳腐にすら思えてくる。複数いる妃嬪の一人がいなくなったところで、愛情が他の妃のところに動くわけではない。せいぜい分配されるぐらいだ。皇帝の珠里に対する愛情の深さ、そして大きさはなにがあっても変わらない。彼女にむけられる皇帝の愛情は、他の妃嬪に対するそれとは別格どころかまったく別物なのだ。

蜂や蝶が花を求めて飛ぶように、皇帝は妃嬪を求める。妃嬪達も皇帝を呼び寄せようと甘い蜜を分泌する。美貌、気立て、装い、知性など蜜の種類はさまざまだ。

だが珠里は花ではなく銀杏の雌株だ。大地にどっしりと根ざした大木は、甘い蜜など持たない。それなのにまるで運命づけられたように雄株が配されている。ほんの数日前に開いた花とはちがい、何十年、何百年の前から銀杏の木はそびえている。自分達から近づきあうことはないのに、銀杏を結実させている。

妃嬪達のことを思うと、彼女達があまりにも憐れで春霞は泣きたくなった。

順賢妃は気づいていないのだ。扉徳妃に対する嫉妬がまったくのお門違いであることに。若い彼女は足繁く見舞いに通う皇帝の行為を、寵愛の深さと勘違いをして嫉妬した。実際春霞もそう思って、皇帝の扉徳妃に対する愛情に感動した。

だがあれは、単に皇帝の人柄がそうさせたにすぎなかったのだ。単純な親切を愛情と勘違いしてしまうなんて。

「ほんとう、馬鹿だわ」

自嘲的な言葉が漏れた。妃嬪達に想いを寄せていたはずなのに、なぜか自分が惨めな気持ちになってきた。若いからか、単純に経験値が低いからか、そんなことにも気づかないなんて傍から見ると笑ってしまうほど滑稽だ。

一瞬とはいえ、珠里が犀徳妃に嫉妬しているのではと考えただけに実に滑稽だ。

そのときだった。

頭の中である考えが、閃光のようにひらめいた。

「え、まさか……」

春霞は口許を押さえ、懸命に自分の考えを否定しようとした。確かに今朝も、犀徳妃の前で似た疑念を抱いた。あのときはすぐに打ち消すことができた。

だが、いまは。珠里と皇帝の関係に気づいてしまったいまでは。

——見えないものをよく考えなさい。

珠里のあの言葉がまざまざとよみがえる。

「もしかしたら……」

春霞はぽつりとつぶやいた。

夜のしじまの中、声音が暗い水鏡の中に吸いこまれていった。

それから数日後。いつものように犀徳妃のもとを訪れた春霞は、彼女が浮かない表情をしていることに気づいた。実は一昨日からそんな感じだったが、今日は頂点に達したように塞ぎこんでいた。理由は分かっている。これまで頻繁に見舞いに訪れていた碧翔の足が遠のいているからだ。

「ご気分がよろしくないようですね」

「朝、飲んだ薬がひどく苦かったのよ。それでムカムカして」

白々しく春霞が言うと、犀徳妃は彼女には珍しく不機嫌に答えた。

しかし、これこそが本来の姿だと思うと春霞は動じもしなかった。現在の病状であれば、これまでのように上機嫌であるほうが不自然なのだ。

「やはり今回も、お薬があわないようですね」

冷静に応じた春霞に、犀徳妃はわずかに眉を寄せた。

普段は温厚な女主人の不穏な気配に、控えていた宮女達は不安げな顔になる。しかし犀徳妃は気を静めたのか、特に声を荒らげることもなく言った。

「残念だけど、そのようね」

「実は蘇永太医長に、相談してみようと思っているのです」

春霞の口から出た名前に、犀徳妃は目を見開いた。

蘇永太医長とは男子医官局の前の太医長だ。齢は七十を越しており、五年前に致仕を望んだが皇帝が許さず、結局『永』という字を冠する名誉職で在籍ということに落ちついた。ちなみにそれまで皇帝の主治医は彼がうけおっていた。

男女を問わず医官達の信頼を一身に集めている人徳者で、珠里が医師になるための指導をした大恩人でもあり、彼女自身もっとも尊敬する人だと公言して憚らないでいる。

つまり蘇永太医長とは、医術においてこの国で随一の英知なのだ。

普通の病人であれば、諸手をあげて喜ぶ提案だろう。にもかかわらず、犀徳妃は不安げな面持ちで問う。

「范太医長は、なんと言っているの？」

「范太医長は職を辞することを申し出ておられます」

犀徳妃の顔にあきらかな衝撃が走った。周りに控える宮女達はざわつき、たがいにようす見をするように視線をむけあっている。

犀徳妃は唇を震わせた。

「なぜ？」

「犀徳妃様のご病状が改善しないことの責任を取りたいと仰せでした」

「私は、そのようなことは望んでいないわ！」

これまでにないほど犀徳妃は声を大きくした。身を乗り出し、いまにも寝椅子から立ち上がりそうだ。

「ですが現実問題として犀徳妃様の症状が改善致しませんし、後宮内のみならず皇城のほうでも范太医長の技量を疑問視する声があがっております。女医としてはまことに口惜しいことではありますが、やはり女は駄目だという言葉もちらほらと……」

嘘だった。皇城の官僚達がなにを言っていようと、銀杏離宮と後宮を行ったり来たりしている春霞の耳に入るわけがない。そもそも皇帝の機嫌を考えるなら、堂々と珠里の批判をする官僚などいるはずがなかった。

長年女性に対して婦道を強いてきたこの国で女医という制度が確立されたのは、珠里と皇帝の個人的な関係に依存するところが大きかった。いかに珠里に皇太后を治癒したという実績があっても、ただそれだけではこれだけの短期間で制度を変えるまでには至らなかっただろう。

厭らしい言い方だが、珠里は女であることを利用して自らの宿願を達成した。宮中に携わるほとんどの者がそう認識しているはずだ。その環境で表だって珠里の批判をする強心臓の者はいなかった。

犀徳妃は露骨にうろたえはじめた。

「そんなことはないわ。范太医長の尽力に私は感謝しているのよ」

「とはいえ実際に快方にむかわないことは事実ですから。陛下としても、なんらかの形で責任を取らせなければ示しがつかないとお考えのようです。それでここ数日間、お二人で話しあっておられるようです」

訪問が途絶えた理由を暗に匂わせると、春霞は一度言葉を切って神経を集中させた。

いよいよ肝だ。ここできちんと犀徳妃の反応を見極めなければ、大法螺を吹いた意味がなくなってしまう。

「それに太医長が医官を辞すれば、陛下も堂々と妃にすることができますから」

うっすらと笑みを浮かべて告げたあと、春霞は犀徳妃の反応を見た。

予想通り彼女の表情は、凍りついたようになっていた。確信と同時に痛ましさに胸がしめつけられる気がした。

「それではなにか決まりましたら、すぐにご報告にあがります」

「お待ちなさい」

退席しようとした春霞を、犀徳妃は鋭い声で呼び止めた。もはや踵を返しかけていた春霞は反転をしたなりで動きを止める。犀徳妃は椅子から立ち上がり、にらみつけるともすがるともつかぬ奇妙な眼差しをむけていた。

「はい」

ゆっくりと春霞が応じると、犀徳妃は取りつくろったような笑顔を貼りつけた。

「范太医長を呼んでちょうだい。お話しがしたいわ」

それからほどなくして、春霞は珠里を連れて犀徳妃のもとを訪れた。

宮女の案内で居間に入ると、寝椅子にもたれた犀徳妃のはすむかいに阮陽が腰を下ろしていた。勤務を抜けてきたのか、雲鶴（うんかく）の地紋が織りこまれた官服を着ている。数日ぶりに再会する彼の姿に胸がざわついたが、春霞は必死で表情を取りつくろう。そのためには目をあわせないようにと気遣う。

出入り口のところで拱手（きょうしゅ）をすると、珠里は室内へと足を進めた。そして一間ほどの距離を取ってから立ち止まった。

「お呼びだとお聞きいたしました」

「あなたが辞めることはないのよ」

開口一番に犀徳妃は叫んだ。露骨に焦りをにじませた表情は、以前であれば彼女が珠里に対して罪悪感を抱いていると考えただろう。

「ですが私も、宮医として責任を取らなければなりませんから」

平淡として珠里は返す。彼女の犀徳妃に対する態度は最初から冷ややかで、それを春霞はずっと不審に思っていた。だがいまになって考えれば、珠里は最初から見抜いていたのだ。

「待って、もう少しようすをみてみて。私もきちんとするから」

思わず口を滑らせた犀徳妃に、春霞は固く目をつむった。

やはり、そうだったのか。なぜという思いがまったく浮かばなかったことが、あまりにも切ない。春霞には分かるからだ、犀徳妃の気持ちが。友人であれば抱きしめて励ましたいと思うほどに彼女に共感していた。

しかしそんな春霞の前でも、珠里はあいかわらず冷ややかに告げた。

「では、今度こそきちんと治療を受けてくださいますか？」

首を絞められたように、犀徳妃は血の気を失った。

決定だ。

犀徳妃は春霞が煎じた薬をほとんど服用していなかったのだ。もちろん昼間に春霞が促したときは飲んでいたが、一日一回ではたいした効果は示さない。それにあれもなんのかんのと理由をつけて先延ばしにしていたから、飲まない日が大半を占めていたのだろう。

それまで黙っていた阮陽が、たまりかねたように声をあげた。

「どういう意味――」

「大夫」

ぴしゃりと平手を打つような声で、春霞は彼を制止した。

阮陽はどきりとしたように春霞を見る。春霞は先ほどまでの動揺を意志の力でただし、威圧するように彼を見つめ返した。阮陽はぐっと息を呑み、そのまま気圧されたように口をつぐんだ。

「……知っていたの？」

掠れた声で犀徳妃が問うと、珠里ははっきりとうなずいた。

紋めつけられていたものが一気に解放されたように、犀徳妃は頬を紅潮させた。きれいに爪を整えた指を顎の下に持ってゆき、わなわなと震わせる。

「どうして……」

声が少し大きくなった。

「どうして、あなたなの！」

犀徳妃は絹を引き裂くような声をあげた。

阮陽はびくりと肩を揺らし、春霞は見ていられないというように目を伏せる。しかしそんな中でも珠里は動じることなく犀徳妃に対峙している。肘掛けを支えに、犀徳妃は上半身を珠里にむかって突き出すようにした。

「なぜ、妃でもないあなただけが陛下の寵愛を独占しているの！　私達は全身全霊を込めて陛下にお仕えしているのに、あなたは自分の志を優先している。陛下のためにすべてを捧げられないあなたが、どうしてそんなになにもかも奪ってゆくのよ！」

犀徳妃の悲痛な叫びに、春霞は思わず口許を覆った。そうしなければ嗚咽が漏れてしまいそうだったからだ。叶わぬ恋に身を焦がし、本来の屈託のない気性を完全に歪め、ここまで追いつめられてしまった彼女が気の毒でならなかった。

犀徳妃は皇帝の気を引くために、そして珠里の評判を地に落とすために治療を故意に拒否していたのだ。

発症そのものは、たいていの病がそうであるように不運な出来事だった。

しかし病を発症した当初、おそらく皇帝に親切にされたのだろう。犀徳妃は皇帝の人柄を知っているから、症状が長引けばそのぶん同情を引けることを認識していた。病の苦痛より、その快感のほうが勝った。結果、馬中士の治療に対して積極的に取り組まなくなった。

犀徳妃の中で、どこから珠里を貶めようという発想が働いたのかは分からない。

しかし馬中士に珠里を呼ぶように言っていたあたりから、わりと早いうちに策略を練っていたのだろう。このまま快癒が望めなければ、いずれ珠里が出てくる。少しでも珠里を苦しめたい。それ以上に自分の身体を傷つけてまでも、彼女は珠里に報復を望んだのだ。

だがその結果が珠里の入宮を招きかねない事態になって、ひどくあわてたにちがいない。

理屈で考えれば、珠里が入宮すれば結果として彼女は志を捨てて皇帝に尽くすことになるわけだから、先ほどの発言からして溜飲が下がるように思う。だが犀徳妃の気持ちはそうは動かなかった。単純に皇帝の愛を独占する女を理屈抜きで憎んでしまっていたからだ。

まっとうに聞けば逆恨みでしかない犀徳妃の言い分を、珠里は甘んじて聞いていた。身分的に正面切って反論できる相手ではないが、背筋を伸ばした珠里の姿からは甘受よりも威厳を感じてしまう。

同じことを感じていたのだろうか。業を煮やしたように犀徳妃は立ち上がった。宮女達がびくりと身体を揺らす。怒りに打ち震えながら涙をぼろぼろ流す犀徳妃の形相からは、このまま珠里につかみかかってもおかしくない剣幕が感じられた。

「姉上、冷静になってください」

春霞の無言の制止を受け入れ、それまで黙っていた阮陽がついに声をあげた。

「こんなことをして許されると思っているのですか!?　范太医長はもちろん、陛下を謀ったことになるのですよ！」

説得というより悲鳴にも近い声音だった。

彼の衝撃は相当のものだろう。嫉妬にかられた人間はなにをするか分からない。阮陽は身に染みて知っている。そしていままさに、嫉妬からの姉の信じられない行動を目の当たりにしているのだ。

陛下という言葉に、犀徳妃ではなく宮女達が青ざめた。それはそうだ。服薬の拒否と食事の変更も彼女達の協力がなければ成しえなかった。万が一皇帝の怒りに触れれば、彼女達にも累が及ぶのだ。

皇帝の威光を盾にあの料理人を追及すると、あんのじょう食事の制限はほとんど守られていなかった。たまに春霞が目にした薬膳は、あらかじめごまかすことを目的に作られたものらしく、おそらく廃棄されたか宮女達に下げ渡されていたのだろう。それも犀徳妃の命令だったというから、あっぱれな念の入れようだ。

だが服薬も食事も、確認を怠った責任は春霞にある。たとえ相手の立場上しつこく食い下がることができなかったとしても、そもそも春霞はほとんど犀徳妃を疑わなかった。医師としてあきらかな失態だ。

「陛下を謀った………」

犀徳妃は声を震わせた。ここにきてはじめて自分が犯した大罪を認識したようだった。皇帝を騙しつづけていた。いかに慈悲深い君主でも、なんの処罰も下さないわけにはいくまい。宮女だけなら口をつぐむこともできるが、皇帝の信頼厚い珠里が目撃者だ。とても隠し立てはできまい。

「わ、私、そんなつもりじゃ………」

「だとしても結果としてそうなってしまっています。こうなれば私も、臣下として陛下に報告しないわけにはまいりません」

厳しい表情で告げたあと、阮陽は珠里にむかって言った。

「范太医長。さぞお腹立ちのことと存じます。身内として私からもお詫びを致します。そのうえで陛下への報告は、私共の父からさせていただけないでしょうか。保身のため嘘偽りを申し上げるつもりはありません。一族の不始末をせめて自らの口で申告して、陛下に誠意を示したいのです」

一見犀徳妃を突き放したようにも思える言動だが、そうすることで少しでも皇帝の怒りを和らげようとしていることはあきらかだった。珠里という皇帝の絶対的な信頼と寵愛を得ている相手にごまかしは通用しない。阮陽とその父が少しでも犀徳妃に都合の良いことを言っても、すぐに珠里の口から真相があきらかになる。

いかに慈悲深い皇帝とはいえ、心から愛する女性が貶められようとしたと知ったときどのように対応するのか……。

どう受け止めているのか、犀徳妃は口許を手で覆って小刻みに震えている。

「太医長！」

たまらず春霞は声をあげた。

「私が悪いのです」

およそ見当違いとしか思えぬ春霞の主張に、阮陽と宮女達はもちろん、犀徳妃でさえ耳を疑うような表情になった。

彼等の視線を無視して、春霞は怪訝な眼差しをむける珠里に対峙した。

「私が悪いのです。どうぞお許しください」

「いったい、なにをしたの？」

「なにもしなかったのです」

宣言するように春霞は言った。

「私は患者の自己申告を鵜呑みにして、三回の服薬すべてをこの目で確認しませんでした。食事にかんしても同じです。医師としてあるまじき失態でした」

「向少士、それは――」

たまりかねたように言った阮陽に、珠里は右手をすっと伸ばした。

「犀大夫。しばらくお待ちください」

珠里の一言に阮陽は気圧されたように口をつぐむ。

位は圧倒的に阮陽のほうが上なのに、珠里にはそれを圧倒する威厳があった。この国初の女医となって後進への道を切り開いた。なにかと女が卑しめられる世において、それは建国の業にも匹敵する偉業にちがいない。口さがない者達は女を利用したと非難するが、それがなんだというのだ。男には男の戦い方があるように、女には女の戦い方がある。

「確かにそれは医師側の失態ね」

「はい」

珠里の指摘に春霞は項垂れた。阮陽はなにか言いたそうな顔をしていたが、師弟間に張り詰める空気は第三者が迂闊に入り込めるようなものではなかった。いっぽう犀徳妃は、とつぜん自分の責任を主張しはじめた春霞に戸惑うような眼差しをむけている。

春霞は彼女と目をあわせた。

「徳妃様は、これまでずっと私に優しいお言葉をかけてくださいました。治療がままならないときも徳妃様の励ましに何度も救われました。世の中にこのようにお優しい方がいるのかと思ったほどです」

切々と語る春霞を、犀徳妃は不安げな表情で見つめる。ここまでの経緯を考えれば、あの優しさは欺瞞だったのかと非難されるのかと思ってもしかたがない。しかし春霞は犀徳妃の人柄を疑うつもりはなかった。阮陽でさえ拒否をした自分の痣に対して、彼女は唯一気にしないそぶりを見せてくれた人だった。

「太医長」

春霞はふたたび珠里のほうをむきなおった。

「犀徳妃様がご自身の病を利用して太医長を貶めようとしたように思えますが、私は逆だと考えております。むしろ病の苦しさが犀徳妃様のお心を歪め、このようならしからぬ行為に至ったのではないでしょうか？」

辛く苦しい病は、健全な人の心をもじわじわと歪めてゆく。もちろん世の中には病に負けない強い心を持つ人間もいるが、たいていの人は気持ちが塞いだり、身近な人間に八つ当たりをするようになってしまう。

根気を必要とする治療に対して、どこから犀徳妃が疲弊（ひへい）して精神を歪めていったのかは分からない。確かに皇帝に対する恋心は大きな要因となったのだろう。だが健康な状態の犀徳妃であれば、このような愚行（ぐこう）はけして行わなかったように春霞は思うのだ。

「医師たるもの、それも含めて患者を受け止めるべきだと考えています」

天に誓うようなつもりで、春霞は宣言した。

教科書や専門書をいくら読んでも知ることができない人の心。いっぽうでいくら人徳があっても、知識がなければその徳を患者に与えることができない。

医師というものは、心技がかみあってこその存在なのだ。

自分の思いをすべて凝縮させて言葉を吐くと、どっと力が抜けた。春霞はしばし呆然（ぼうぜん）としてその場に立ち尽くした。犀徳妃は痛みを堪えるように胸を押さえ、阮陽は奇跡を見るような表情で春霞を見つめている。

「その理屈で言うのなら、あなたより責を負うのは馬中士で、最終的な責任は私にあるわね」

思いがけない珠里の言葉に、春霞はあわてる。

もちろん馬中士と珠里を非難するつもりなど毛頭なかった。というよりも彼女達は最初から犀徳妃の治療拒否を疑っていたのだ。ただ相手の身分や状況を考えれば追及もできず、治療方針ではなくその点に手を焼いていたのだ。

「そ、そんなつもりでは………」

「しかたがないわね」

珠里はくすっと笑いを零した。その笑顔がこれまで見たことがないほどに優しいものだったので春霞は目を疑った。

「犀大夫」

おもむろに珠里が呼びかけ、阮陽はわれに返ったように彼女に視線を移す。それまで彼は呆けたように春霞の顔に見入っていたのだ。

「取引をしませんか」

「……取引？」

「私共女子医官局と、そちらの犀家はひとつずつ失態を演じました。ここはおたがいに口をつぐむということで終わりにしませんか。多少時間はかかるでしょうが、犀徳妃様が治療法をきちんと遵守してくださるなら快癒は望めますから」

珠里のこの提案には阮陽のみならず、春霞も犀徳妃も虚をつかれたようになった。もちろん周りに控えていた宮女達も同じような反応を示している。

珠里はまるで臣下に対するような余裕のある表情で、阮陽に告げた。

「あなたのような忠臣に、陛下に対して隠し事をしろと言うのは酷かもしれませんが、ここはひとつ折れていただきたい」

「し、しかし陛下には……」

「お任せください。私がうまく言っておきますから」

絶対の自信を持って珠里は言う。こんなときなのに、彼女と皇帝の深い絆を痛感する。犀徳妃のことを思うと多少なりとも胸は痛むが、この状況でさすがにそこまで気遣えないだろう。

そのあと短いやりとりを交わし、阮陽があらためて犀徳妃に尋ねた。

「いかがですか、姉上」

犀徳妃はなにも言わなかったが、顎を落とすようにしてうなずいた。

春霞は複雑な思いを残しつつも胸をなでおろした。

「では、本日はこれで失礼します」

そう言って珠里は、春霞に目配せをする。急いで珠里のあとを追おうとした春霞を、それまで黙っていた犀徳妃が呼び止めた。春霞は驚いて立ち止まった。

彼女はうっすらと唇を開き、掠れるような声で言った。

「ごめんね……」

春霞は大きく瞬きをした。居たたまれないように視線をそらす犀徳妃に、春霞は首を横に振ったあと「どういたしまして」と明るい声で言った。

「これからもよろしくお願いします」

視線を戻した犀徳妃の目に希望の光が満ちあふれた。心にじわっと温かいものがにじみ、春霞は微笑みを返した。

「向少士」

ふたたび歩き出そうとした春霞を、今度は阮陽が呼び止めた。

どきりとした春霞だったが、今度は素早く珠里が言った。

「犀大夫。申し訳ありませんが、これから向少士と治療方針にかんして話しあいますので」

厳しくはないが毅然とした声音に、阮陽は気圧されたように口をつぐんだ。内心でほっとしながらも春霞は、また先日のように〝恋〟を戒められた気がして身を竦ませた。

そのあと暗くなるまで宮医室で、今後のことを珠里と話しあった。

方剤は馬中士がたてたものを基本に、君薬の配分を変えるという珠里の処方に近いものでようすを見ることにした。当面の間、服薬の確認は三度三度きっちり行うということで先ほど話をつけた。犀徳妃もいまさらそんなことはしないと思うが、こちらも同じ失態を繰り返すわけにはいかない。

「服薬が疑わしいことは馬中士も気づいていたのだけど、なんのかんの理由をつけてはぐらかされていたのよ。相手の身分が身分だけに無理強いもできなくてね」

木蓮殿に犀徳妃をはじめて訪ねたとき、釈然としない反応だった馬中士を思いだす。そんな疑いがあったのなら、あんな顔もするだろう。

珠里と皇帝の逢瀬を目にしたことで、春霞は犀徳妃の本心に近づくことができた。

あの翌日、自分の推測を珠里に話すと、彼女は驚くほどあっさりと同意した。まるで春霞がそのことに気づくのを待っていたかのように。

(ううん。たぶん待っていたんだわ……)

恋敵である自分が頭ごなしに犀徳妃を責めても逆効果だと判断したのか。あるいは春霞の成長を願っての行為だったのか。もしかしたらその双方だったのかもしれない。

そのための作戦を二人で練った結果が、今日の展開だったのだ。

珠里が辞職を申し出ているという嘘を、銀杏離宮に引きこもっている犀徳妃や宮女達に信じこませることは簡単だった。しかし皇帝の足を遠のかせるまでは春霞にできない。内容云々を問わず、少士ごときの身分の者が皇帝になにか願いごとをするなど、おこがましすぎる。

そこを引き受けてくれたのは珠里だった。彼女は犀徳妃への疑いの内容を皇帝に伝えることは避けたいという春霞の願いを承諾した。そしてどう説明したのかは不明だが、皇帝は犀徳妃のもとを訪れなくなった。

「でも、本当に陛下になんとご説明なさったのですか？」

「それは業務上の秘密」

茶目っ気たっぷりに返す珠里に、春霞は一瞬動じかけた。怖いだとか厳しいとかの印象はもとよりなかったが、ちょっと信じられないくらい上機嫌に見える。

ふと春霞は、もしかしたら珠里は皇帝にすべてを話したのではないのかと思った。それでもことを穏便に済ませる度量を皇帝は持っていて、かつそれを説得できる信頼関係が二人の間にはある。

（そうなのかな？）

涼しい面持ちの珠里に、鎌をかけるつもりで言ってみた。

「陛下は本当に思慮深くて、慈愛に満ちたお方なのですね」

「そうねえ……。お年を召されてずいぶんと温厚になられたわね。若いときはそりゃあわがままで癇癪持ちで、いま後宮にお住まいの妃嬪の方々はあの当時の陛下の姿をご存じないからあんなふうに憧れておられるのよ。十八年前の姿を知ったら、百年の恋も冷めるわよ」

「…………」

気のせいではなく、私怨がかなりむきだしになっている。かといって同意するわけにもいかず、なだめるようなつもりで春霞は言った。

「ですがやはりお心が広い方なのだと思います。太医長が医師になることをお認めくださったわけですし……」

遠慮がちな春霞の発言には、実は二つの意図があった。

ひとつは有史以来初めて、女性が医師になることを認めたという意味だ。もうひとつは寵愛する女性を妃として入宮させず、女医という志を貫くことを認めたという意味である。後者は公然ではあるが公式ではないので、あまり露骨に言葉にすることができなかった。

意図に気づいたのか、珠里はちらりと春霞を一瞥した。余計なひと言だったかと身を竦ませたが、珠里はすぐに視線を戻し、どうということもないように答えた。

「私が医師でなければ、陛下は私のことなど歯牙にもかけなかったわ」

春霞は虚をつかれたようにぽかんとする。

女医という珠里の志を貫かせるために、皇帝は彼女を妃にすることを断念した。誰もがそう思っていたのに、そうではないのだと珠里は言う。

しばらく考えたあと、思いきって春霞は尋ねた。

「医師として、自分の志を貫こうとしている太医長を愛されたということですか？」

逆に言えばたとえ珠里が全身全霊をかけて尽くしても、皇帝は見向きもしないということなのか。そう考えると、ちょっと皇帝の威厳としていかがなものかとも思ってしまうが。

答えを求めるような目をむけると、珠里はくすっと声をたてて笑った。

「さあ、それは陛下に直接訊いてちょうだい」

およそ現実的とも思えぬ珠里の答えに、春霞は途方に暮れるしかなかった。

にやにやと楽しげな表情を浮かべながら、おもむろに珠里は言った。

「あなたも、恋だとか愛だとかを語るようになったわね」

わりと率直な言葉に、春霞は自分の発言を思い起こす。いまのやりとりもだが、犀徳妃達の前でもけっこう露骨な言葉を言っていた気がする。気恥ずかしさから顔を赤くする春霞に珠里は微笑みかける。

「それでいいのよ。心技がかみあってこそ、一人前の医師なのだから」

そう言った珠里の、教え子を見る目はこのうえなく優しげなものだった。


珠里の厚意で軽めの夕飯を食してから宮医室を出たときは、すっかり夜になっていた。屋根のむこうに広がる菫青石のような空には星が輝いていたが、白みを残した藍色の雲がかかっていて月は見えなかった。

春霞は銀杏離宮に戻るために回廊を進んだ。軒先に吊るされた灯籠の明かりで足元はしっかり照らされている。あたりに人影はなく、ひんやりした空気の中でひたひたと自分の足音だけが響いていた。なにかに追いかけられているようで薄気味悪いが、皇城の回廊で狼藉者を心配する必要もないだろう。ちなみに春霞は亡霊や妖怪の類はまったくと言ってよいほど信じていない。

宮医室からいくらも進まないうちに、前方に誰かが立っていることに気づいた。場所的に人がいても不思議はないので気にせず進もうとしたが、その人の正体があきらかになって思わず足を止めた。

阮陽だった。

まったく身を隠す気配もなく、それこそ壁のように堂々と立っている。

いきなり石が落ちたように胸が重くなったが、なんとか気持ちを切り替えようと試みた。彼は官僚だ。皇城に出入りをするかぎり、どうしたって顔をあわせる。医官として今後の活動を考えるなら、どこかで割りきらなければしかたがない。

春霞はふたたび足を進め、阮陽に近づいていった。挨拶だけして通り過ぎればいい。阮陽だってはからずもの再会にちがいない。

だが春霞が近づいても、阮陽はまるで道を塞ぐようにして立ちつづけている。不審に感じたあと、ふと思いだす。

（そういえば……）

先ほど別れ際に、阮陽が自分を呼び止めていた。なにか用事がある気配だったが、犀徳妃の件で礼でも言うつもりだったのだろうと、あまり気に留めていなかった。

しかたなく春霞も足を止め、二人は立ち止まったまま柱一間の距離を挟んでむかいあう。

「向少士」

「なにかご用ですか？」

ほぼ二人が同時に口にしたあと、こちらも同時に口許を押さえる。失言ではないが、阮陽はあきらかに緊張した声で、春霞も明確につっけんどんな声音になっていた。

そのまま二人は牽制しあうようにおたがいを見つめあった。

「そなたを待っていた」

ようやく阮陽が口を開いた。

「待っていた？」

「そなたと太医長が出ていってから、すぐに追いかけた。宮医室の傍で待っていれば、話が終わったら会えるだろうと思って」

春霞は耳を疑った。

「私が宮医室に入ったのは、日暮れ時ですよ!?」

それから珠里とけっこう長い間話しこみ、食事までしてきたのだからそうとう長い時間が経過している。

「もしかして、ずっとここで待っていらしたのですか？」

「……いつ出てくるか分からなかったからな」

気恥ずかしいのか、やや視線をそらしがちに阮陽は答える。

内心で春霞は呆れかえった。なんの用事があるのか知らないが、普通に考えれば春霞は銀杏離宮に戻るのだから、そこで待っていればよいではないか。春とはいえ夜はけっこう冷えるというのに。

せつな、阮陽が大きなくしゃみをした。思った傍からの反応に春霞は心配そうに言う。

「風邪を召されたのでは？」

「大丈夫だろう。寒気はしない」

「けっこう冷えますよ。葛根と生姜で薬湯を作りましょうか。あ、初期の風寒に効くツボがありますから灸をしてみましょうか」

これまでのわだかまりなど完全に忘れたかのように春霞はたたみかける。いくら気まずい相手でも病人を見ると医師として本能が働いてしまう。いっぽう阮陽は気圧されたように身体をのけぞらせつつも、なんとか春霞をなだめた。

「分かった。あとで頼むかもしれない。だがその前に頼む、一度私の話を聞いてくれ」

「話？」

「姉上の件で、礼を言いたかったんだ」

そんなことかと思いはしたが、確かに春霞の説得がなければ事態は皇帝の耳に入って大事になりかねなかった。犀家の人間としては直接礼を言わねばという気持ちにもなるだろう。

「そなたのおかげで我が家は命拾いをした。なによりあれほど追いつめられていた姉上の心を汲んでくれたことに心から感謝している。身内として恥ずかしい話だが、私はまったく気づかなかった。本当にありがとう」

　彼の口から犀徳妃を責める言葉がいっさい出なかったことに春霞は安堵し、尖っていた感情が少し柔らかくなった。

「いえ。私のほうこそ、犀徳妃様にはお礼を申し上げたかったのです」

「礼？」

　不思議そうな顔をする阮陽に、春霞は言葉をつづけた。

「あのときは申し上げませんでしたが、犀徳妃様は、女子医官達をのぞけば、私の痣を見ても嫌な顔をなさらなかった唯一の方でしたから」

　阮陽はなにか思いだしたような顔をした。

　そのつもりはなかったが皮肉に聞こえたかもしれない。それならそれでしかたがない。心のうちで冷めた笑いを零すと、春霞はなにも気づいていないかのように装った。

「ここからなら宮医室のほうが近いですね。薬湯をお作りしますからお出でください」

「ちょっと待ってくれ」

宮医室にむかって踵を返しかけた春霞を、阮陽は呼び止めた。春霞は半身をねじったまま動きを止め、なにか言いよどむような顔をする阮陽を見た。

「なんでしょうか？」

「そなたの兄の所に行ってきた」

聞きたくもない人間の話題に、春霞は眉を寄せた。

そういえば自宅に招待するべく兄がしきりに誘っていた。つまりあの誘いに乗ったというわけか。十三だったか十四だったかになる姪にそこで会ったのだろうか？　年頃になった姿など想像もつかないほど思い入れがない身内に、春霞の心はたちまち冷めていった。

「そうですか」

「厳しく叱責してきた。天子の臣下である医官にあのように無体なふるまいをすれば、私は大夫としてそなたを罰することができると言い渡してきた」

思いがけない言葉に春霞は物が言えなくなる。

「あれが身内の、いや、あれが人の親かと考えるといまでも吐き気がする。あのときも人目がなければ殴りつけたいぐらいの気持ちだった」

いま思いだしても腹立たしいというように、阮陽は表情を険しくした。

春霞は混乱していた。阮陽がわざわざ兄に抗議に出向いたというのも、そしてあのときそんなふうに感じていたというのも、まったく考えてもみないことだった。

ならばあのとき見せた嫌悪の表情は、春霞の痣に対してではなく兄の言動にむけたものだったのだろうか。

阮陽は興奮を抑えるのに、しばし苦労をしているようだった。やがてひとつ息をつくと、あらためて訊いた。

「あのあとどうしたんだ？」

「え？」

「そなたがあんなふうに立ち去ってしまったから、追いかけたが見つからなくて……。子供ではないから戻っているのは分かっていたが、ずっと気になっていた。だがあの翌日から地方への出向があって、ようやく今日戻ってくることができたんだ」

切々とした阮陽の訴えを、春霞は信じがたい思いで聞いていた。

なにもかも自分の思いこみだったのだろうか？　痣を目にしたことで阮陽が自分を嫌悪したのだと思ったことは、完全に勘違いだったというのか。確かに人柄を考えれば、そうであったほうが自然ではある。

それでも長い年月をかけて心に深く刻まれた傷を容易に癒すことはできずに、春霞はぶるっと唇を震わせた。

「……気持ち悪くないのですか？」

阮陽は怪訝な顔をした。期待をしてはいけない。古傷がうずきながら、そう訴える。

春霞は官服の上から左手首を握り、そのまま袖をたくし上げた。

とつぜんの春霞の行為に、阮陽はぎょっとしたように目を見開いた。

焦っている。冷静さを欠いている。自棄になっている。本来であれば一番そうなりたくないと思っていた感情に心と行動が支配されている。

「私の身体は、こんなに醜いのですよ」

これ以上無理だというほどに袖をたくし上げると、春霞は自分の腕を阮陽に突き出した。釣り灯籠の明かりの下で、つぶした柘榴のような赤痣はいっそうどす黒く見えた。

勢いで叫んだあと、春霞は肩で息をした。肌寒い冷えた夜気の中に、生暖かい吐息がにじんでゆく。

阮陽は唇をうっすらと開いたまま、呆然と春霞を見つめる。驚いているのだろう。あたりまえだ。春霞も自分で驚いているのだから。常に冷静であろうとしていたから、他人の前でこんな激情をさらしたのははじめてだった。ひんやりした夜気にさらした腕が燃えるように熱い。この赤い痣が、実は炎なのではと思ってしまう。

やがて阮陽は、ゆっくりと首を横に振った。

「醜くなどないぞ」

「嘘を言わないでください」

間髪容れずに春霞は言った。むきになっていることは自覚していたが、感情の抑えが利かなかった。これまで抑えていたものが膨れに膨れあがって、決壊する寸前のようになっている。

　握りしめた手が小刻みに震え、荒い息が漏れる。落ちつきが取り戻せない。冷静になれ、強くなれと繰り返すが熱が冷めない。このままでは彼の前で泣いてしまいそうで本当に怖い。

　阮陽はゆっくりと身を屈めると、春霞の顔をのぞきこんだ。

「だけどその痣の存在が、そなたに人の心の痛みを分からせているのだろう」

　静かな声が、水を撒いたように昂った心を静めた。

「美しいだけでなにも作り出さない白い腕より、ずっと尊いと私は思うぞ」

　春霞は突き出したままの腕に、ゆっくりと視線を動かした。

　柘榴をつぶしたような痣は醜くて、ずっと春霞を苦しめてきた。

　だがその痣が尊いのだと、阮陽は言った。この痣があるから、春霞は人の痛みが分かる人間になったのだと。

　そうだ。この痣があるからこそ、春霞は医師を志したのだ。

　ぱたりと糸が切れたように腕が落ちる。春霞は顔をあげて、阮陽を見た。

　そうだろうと言うように、阮陽は目配せをする。

「ありがとうございます」

素直な気持ちで言うと、阮陽はこのうえなく柔らかく微笑んだ。

その笑顔にこもっていた熱が瞬く間に引いていった。さっと吹きつけてきた清涼な風が、燃え盛るようだった腕と心を心地よく冷やしてゆく。

蕾がほころぶように、春霞も自然と笑顔を浮かべていた。その反応に阮陽はいっそう嬉しそうに微笑んだ――のだが。

「ところでな」

「はい？」

「やっぱり、あの簪は気に入らなかったのか？」

阮陽の問いに、春霞はばっと項を押さえた。阮陽のことを誤解して、彼からもらった簪を引き出しにしまいこんでしまっていた。

しかしなにを誤解したのか、彼は申し訳なさそうに言う。

「すまん。私は若い娘の好むものなど、よく分からないからな」

「ち、ちがいます。たまたまです。明日からつけます」

「いや、そんな強制したみたいで……」

「強制じゃないです。大のお気に入りなんです。ただ、色々と事情があって……」

そこから先の言葉を春霞は濁す。あなたを誤解して、そんなことをしてしまった。あるいはそこまで正直に言う必要はないかもしれないが、わざわざ兄を叱責までしてくれた人を自分は疑ってしまったのだ。

春霞は背筋をぐっと伸ばしてから、深々と頭を下げた。

「すみません。大夫が私の痣を嫌って、銀杏離宮に顔を出さなくなったのだと誤解していました。だから悲しくなって使うのをやめていたんです」

人柄を疑っていたようなものだから、まったくとんでもない誤解をしていた。申し訳なさに身が竦(すく)んでしまいそうだ。

「なんだ、そうだったのか」

阮陽は声を弾ませた。

「よかった。姉上の部屋で会ったとき、なかなか目をあわせてくれないからなにかして嫌われたのかと心配していたんだ」

「そ、それも私のほうが嫌われていると思ったものですから……」

「そうか。それならよかった。おたがいに誤解していたんだな」

上機嫌で言いながら、阮陽はぽんぽんと春霞の肩を叩いた。明るい表情は心配して損をしたと言わんばかりで、こっちまでほっとした気持ちになる。

「では明日から、また使ってくれるか？」

「もちろんです」

「確認に来るぞ、毎日」

毎日という言葉を念押しでもするように、阮陽は語気を強めた。先ほどまでの冗談交じりのものからやたら真面目な声音になり、春霞はきょとんとして阮陽を見上げる。

阮陽は心持ち緊張した、しかし迷いのない目で春霞を見つめていた。

「そなたが好きだ」

幻聴を聞いているのかと思った。

「そなたを見ていると勇気づけられる。自分の心が強くなってゆくようで、そなたと話していると心地よい。だからそなたをずっと見ていたいし、話していたいと思う」

丁寧に語り終えたあと、阮陽は答えを求めるように視線をあわせた。

いつしか雲が晴れて、ほのかに霞んだ春の月が天頂に姿を現した。

いっさいの偽りがない、ただ真摯な光を湛えた瞳がそこにある。歓喜に打ち震えそうになる心をなだめ、春霞はゆっくりとうなずいた。

「私もです」

不安の色をわずかに残していた阮陽の瞳に、安堵と歓喜の色が浮かぶ。おたがい相手が口にした言葉をかみしめながら見つめあう。

ひんやりとした夜風が、杏花の清らかな香りを二人のもとに運んできた。

終章

小満。生きものも草花も陽を浴びて輝き、あらゆるいのちが満ちるとされる季節である。

街路樹の柳の緑がいっそう深みを増し、堀を流れる川面は陽光を弾いて黄金色にきらめいている。汗ばむほどの陽気となった今日は、通りゆく人々の服装も薄手の物で中には上半身裸で歩く男を見るほどだった。

春霞と阮陽は、大通りから少し入った先にある芝居小屋の裏口にいた。はどなくして片側に杖をついた三十歳くらいの男性が出てきた。彼の姿を目にした春霞は顔を輝かせる。春分の祭りに大怪我をしたあの男性である。下腿を複雑に折っていたほうの人物だ。

「本当にすみません。わざわざ来ていただいて」

恐縮したように頭を下げる男性に、春霞は声を弾ませた。

「よかった。脚はまっすぐしていますね」

「あなたのおかげですよ。町医者も驚いていました。若い女性がとっさにこんな完璧に整復ができるものなのかと」

青年の言葉に、春霞よりなぜか阮陽がしたり顔をした。

異母兄との望まぬ再会で果たせなかった見舞いだったが、一カ月過ぎた今日、ようやく行くことができたのだった。事故から二カ月ほど過ぎていたが、この調子なら来月には杖も外せるだろう。ちなみにあとの二人は舞台に出演中で、もはや万全だという。

見舞いがここまで遅くなったのは、春霞が犀徳妃の治療にずっとかかわっていたからだ。治療に真摯に取り組んだ犀徳妃の症状は改善し、先日木蓮殿に戻っていった。結果として現在は春霞の手を離れ、後宮担当の馬中士が担当している。馬中士もまったくなにも思っていないことはないのだろうが、そこは経験を積んだ医官としてそつなくふるまっていた。

そのような理由で久しぶりに休みを取ることができた春霞を、阮陽が延ばし延ばしになっていた見舞いと芝居見学に誘ったのだった。

中でお茶でもと誘う青年に断りを入れ、春霞と阮陽は芝居小屋をあとにした。芝居は二回目の公演に入っており、営業中にあまり長居をするのは申し訳がない。

人気のない路地を少し進んでから、得意げに阮陽が言った。

「どうだ。元気になっていただろう」

「はい。安心しました。それと芝居も楽しかったです。連れてきてくださって、本当にありがとうございます」

　すると阮陽は、ちょっと意地の悪い声で言った。

「芝居ではなく、そなたはあのときの二人が舞台に立っているのを見て興奮していただけではないのか」

「!?」

　ぎくりとする春霞に、阮陽は声をあげて笑った。

「まあ、そなたを恋物語の舞台に連れていった私のほうが悪かった。天女がなにを思い悩んでいるのか全然分からなかっただろう?」

　日替わりの舞台は演目を選んだわけではなく、たまたま天女と地上の王の恋物語だった。しかし阮陽の発言に、春霞はぼそりと反論する。

「……分かりますよ」

　阮陽は引き止められるように足を止めた。

　王と恋に落ちた天女は、天帝に仕える己の使命との狭間で揺れ動く。興味がわかなかったわけではなく、身につまされすぎて、じっくり見ることができなかったのだ。

「両方欲しがるなんて、天女は贅沢だなって思いました」

　珠里に対する犀徳妃の罵倒を思いだす。彼女の嘆きは痛いほどに分かるが、そのいっぽうで珠里もさまざまなものを諦めていることを、春霞は知っている。彼女等の言い分は、芝居の内容と相まって自分の未来と重なった。いまはこうやって阮陽と歩けているが、そのことを考えると気が重くなる。遠くない将来、自分もなにかを諦めなくてはならないのだろうと考えると未来に不安を覚えてしまう。

「だが、天女は二倍努力したと思うぞ」

ふわっと包むように告げられた阮陽の声に、心を読まれたのかと思った。

驚いて顔をむけると、ちょうどこちらを見ていた阮陽と視線が重なった。

とつぜん阮陽がふっと身を屈めてきた。

彼の気配を顔に感じ、気がついたら口づけられていた。そのことを春霞が理解したのは、阮陽の唇が自分の唇から離れたあとだった。

春霞は身体を硬直させ、一拍おいてすぐ傍の壁に背中を張りつけた。驚いたことに阮陽のほうも、自分の行動が信じられないような顔をしている。とうぜんだ。はじめての口づけではもちろんないが、いくら人通りがないとはいえ公道である。まともな羞恥心を持つ人間のする行動ではない。

春霞は右手で口許を押さえた。

「な、なにを——!?」

「すまん。あまりに可愛かったのでつい……」

言うに事欠いてのとんでもない発言に、火がついたように顔が熱くなった。

「まあ、幸いに人目はなかったから」

自らに言い訳するように阮陽は言う。色々と抗議したいことはあるが、適切な言葉が思い浮かばない。赤くなった頬を隠そうと春霞は手を動かしたが、その前に腕をつかまれて阻まれてしまった。

「あ、あの……」

しどろもどろの春霞が見上げると、癪なことに阮陽はすっかり落ちつきを取り戻していた。

なんだこの冷静さは。軽い反発からなにか文句を言おうとしたときだった。

「せっかく羽衣を持っているのだから、天と地上を心置きなく往復すればいい」

告げられた言葉に、それまでざわついていた心が水を打ったように静まった。

阮陽はこくりとうなずくと、口づけるように耳元でささやいた。

「いいじゃないか。私は果敢に空を舞うそなたが好きなのだから」

向春霞。

莉国医官。女子としてはじめて西域の医学校への留学を果たし、帰国後それまで停滞していた母国の外科学発展に大いに寄与した。

なお夫である犀大夫との間に一男一女を儲けたうえでの留学は世間で批判もされたが、夫婦仲は極めて円満で、その後の医学界への貢献により彼女は医学史にその名を刻むこととなったのだった。

【初出】　コバルト文庫『春華（しゅんか）杏林（きょうりん）医治伝（いじでん）～気鋭の乙女は史乗を刻む～』２０１８年５月刊

集英社オレンジ文庫をお買い上げいただき、ありがとうございます。
ご意見・ご感想をお待ちしております。

● あて先
〒101-8050　東京都千代田区一ツ橋2-5-10
集英社オレンジ文庫編集部 気付
小田菜摘先生

春華杏林医治伝

気鋭の乙女は史乗を刻む

集英社
オレンジ文庫

2024年2月24日　第1刷発行

著　者　小田菜摘
発行者　今井孝昭
発行所　株式会社集英社
〒101-8050東京都千代田区一ツ橋2-5-10
電話【編集部】03-3230-6352
【読者係】03-3230-6080
【販売部】03-3230-6393（書店専用）
印刷所　TOPPAN株式会社

ISBN 978-4-08-680543-8 C0193

松田志乃ぶ

仮面後宮 2
修羅の花嫁

東宮候補の一人が何者かに殺された。
状況を考えると、犯人は最初から今なお
この建物の中にいるはず。互いを疑いながら、
東宮候補としての試練が始まる!

集英社オレンジ文庫

菅野 彰

西荻窪ブックカフェの恋の魔女

迷子の子羊と猫と、時々ワンプレート

「魔女がどんな恋でも叶えてくれる」
という噂が広まり、恋に悩むお客様が
月子のブックカフェにやってくる。
嘘と絶品プレートが誘うおいしい物語。